リンドグレーン と 少女サラ

秘密の往復書簡

アストリッド・リンドグレーン
サラ・シュワルト
石井登志子 訳

岩波書店

掲載の手紙は，スウェーデン国立図書館「アストリッド・リンドグレーン・アーカイブ」所蔵．アーカイブ（文書記録）は，HS L 230 と表示され，2005 年に，ユネスコ世界記憶遺産に認定．

"DINA BREV LÄGGER JAG UNDER MADRASSEN"
En brevväxling 1971–2002

by Astrid Lindgren & Sara Schwardt

First published Salikon förlag, Sweden.

This Japanese edition published 2015
by Iwanami Shoten, Publishers, Tokyo
by arrangement with
Saltkråkan AB, Lidingö, Sweden.

For more information about Astrid Lindgren, see www.astridlindgren.com
All foreign rights are handled by Saltkråkan AB, Lidingö, Sweden.
For more information, contact info@saltkrakan.se

Jacket photo (Lindgren): © by Jan Collsiöö
Jacket photo (Sara): © by Martin Savara
Reproduced with permissions.

カバー写真（リンドグレーン）：SCANPIX / 時事通信フォト

まえがき

アストリッド・リンドグレーンは、長年にわたり何千通もの手紙を、子どもからも大人からも、受け取っていました。

多くの人たちが、個人的な悩みについて、アストリッドから助言が欲しいと訴え、また、アストリッドの作品が自分にとってどんな意味があったのかを、〝ただ〟話したくて手紙を送る人たちもいました。児童たちは、担任の先生の勧めで手紙を書きましたし、どの幼稚園も園児が描いた絵の束を送りました。だれもが、自分の書いたものを、大好きな作家が読んでくれたかどうかを確認するために、返事を期待していました。送った人たちも、たいていが一通か二通の手紙を書きましたし、アストリッド・リンドグレーンも、視力の低下に加えて、一九八〇年代の中頃に手紙の数が雪崩をうったように増えるまでは、返事の手紙を書きました。返信は、手書きのものから、秘書と印刷されたカードの助けを借りた、合理的なものにならざるを得ませんでした。

子どもたちの手紙が、格別独創的だとか、個性的だとかでなくても、アストリッド・リンドグレーンは、子どもたちにきちんと返事が届くかどうかを、特に気にかけていました。送られてきた手紙を通して、ふとした拍子に、若い書き手の姿が現れ、鮮明に浮かび上がってくると、よりうれしくなるのでした。けれども手紙の送り主が、アストリッドに、〝文通仲間〟になってほしいと、どんなに期待に満ちたお願いをしても、いつも断わられるのでした。

わたしは、一〇年以上にわたって、アストリッド・リンドグレーンの遺した文書記録(アーカイブ)を整理するうちに、集められた手紙の山を前にして、特殊な洞察力が身についてきました。すべての手紙を読む時間はなかったのですが、大量の手紙をうまく選り分けられる目が徐々に訓練されてきたのです。手紙の量は、確かに一九七〇年代の中頃までは多いとはいっても、まだそれ以降ほどの圧倒的な量ではなかったため、手紙の送り主を識別することは可能でした。

こういった経緯で、アストリッドとサラのユニークな手紙のやりとりが見つかり、ここに本として出版されることになりました。

サラ・ユングクランツの名前は、七〇年代の始めに、長文で、感情の起伏の激しい、自暴自棄な手紙の差出人として、繰返し登場しました。その内容や筆跡は、荒れた反抗的な気持を如実に表わしていましたし、文体は、差出人がたったの一二、三歳の女の子だとはとても信じられないものでした。手紙には、空想のおもむくままの造語や、比喩、言い回しがあり、極めて個人的な調子を帯びたものでした。それに、わたしは、後にも先にも手紙のなかで、子どもが、会話文を表わすのに、カギ括弧ではなく、横棒線を引いて書き出すのを見たことがありませんでした!

そして、アストリッド・リンドグレーンもサラに興味をもち、返事を書いていたことがわかってきました。彼女がサラ宛ての手紙をコピーしたのは一度だけで、一九七二年九月一五日付けの手紙のコピーが、アーカイブに残されていたのです。

アストリッド・リンドグレーンが亡くなって何年かのち、サラは、アストリッドの娘であるカーリン・ニイマンに連絡をとりました。カーリンは、国立図書館のアーカイブのことと、その整理作業について話しました。そして、サラは、アストリッドとの全往復書簡のコピーを受け取ることと引き換えに、アストリッドからの直筆の手紙すべてを、アーカイブに寄贈することを決意しました。サラの手紙は、一通の例外を除いて手書きだったので、当然コピーもなく、サラは自分の手紙を三〇年間読んでいませんでした。

一方、わたしは整理作業をするなかで、それまではアストリッドに宛てたサラの手紙だけを読んでいましたが、五一歳もの年齢差があるにもかかわらず、まったく対等の立場で交わされた、八〇通あまりもの往復書簡が目の前に現れたのです。ひとりは、悩み多き、みじめな一〇代の女の子で、もうひとりは、世界的に知られた作家であり、豊かな人生経験を積んだ公人だったのですが、このことは、ふたりの文通を妨げる原因にはなりませんでした。二つの〝似通った魂〟が、お互いに手紙を書き送っていたのです。

時が経ち、わたしがアーカイブの整理作業を終えようとしていた二〇一〇年一二月のひと月前になって、サラが、アストリッドとの文通のことについて話をしたいと、再び連絡をしてきました。わたしは、ふたりの文通がどれほど特別なものであるかを強調し、これは出版するべきだと強く勧めました。サラは、家族や信頼する人たちと相談したのちに、出版に同意しました。勇気ある決断でした。

手紙は、書かれたまま、手を加えずに出版されました。いらだった感情を如実に表わす間違った綴(つづ)りや句読点、それにいくつもの追伸や余白に書かれたメモも再現されています。ある手紙は封筒の折り返しにまで注釈やコメントが書かれていました。こういった書き込みは、出版という現実的な理由で、本来の手紙文の前か後に、イタリック体で載せてあります。[1] 二、三のごく短い書き込みだけは省略しました。

サラの手書きの手紙にあるイタリック体は、そのまま残しています。[2] アストリッドは、タイプライターではイタリック体で返事が書けなかったので、とくに強調したい言葉は、spärrar と打つところを、文字の間隔をあけて、s p ä r r a r(スウェーデン語で、「字間をあける」という意味)のように打っています。[3] アンダーラインは、サラもアストリッドも使いました。サラなど、時に三本も四本も線を引いていましたが、手紙をそっくりそのまま再現することはできませんでした。[4][5]

アストリッドとサラはどちらも、手紙にきちんと日付を書いていなかったので、手紙の順番を決めることや、可能な限り、日付を特定する作業は、探偵のような仕事でした。あとから付けた日付は、正確であれ大まかであれ、封筒に押された消印から判別したものや、あるいは内容に基づいて付けたものや、前後の手紙からおしはかって付けたものも含めて、[ ]で示されています。

ふたりの文通が最も頻繁に行き交った時期から四〇年近く経っているので、すべての人の名前や場所の名前は手紙のままにしています。名前の挙がった多くの方はすでにかなり前に亡くなっています。最後に、かつては説明をする必要のないことであっても、今日では多くの人が忘れていたり、あるいは聞いたことがなかったりするものについては、注で説明しています。それ以上のことは、手紙がそのまま語ることができるでしょう。

一二歳と五三歳とでは、人生を、同じようには理解していません。それゆえ、現在五三歳のサラは、自分の人生において、大切な同伴者になった文通相手であるアストリッドに宛てて、まさに最後となる手紙で、自分の昔の手紙に多少の注釈を加えています。

レーナ・テルンクヴィスト

（スウェーデン国立図書館「アストリッド・リンドグレーン・アーカイブ」の責任者）

追記・どうだったのかと思われている方へ：サラとアストリッドは一度も会ったことはありません。

（1）日本語版ではゴシック体。
（2）日本語版ではゴシック体。
（3）日本語版ではゴシック体。
（4）日本語版では傍線。
（5）サラがアルファベットの大文字だけを使って書いている部分は、日本語版ではゴシック体。

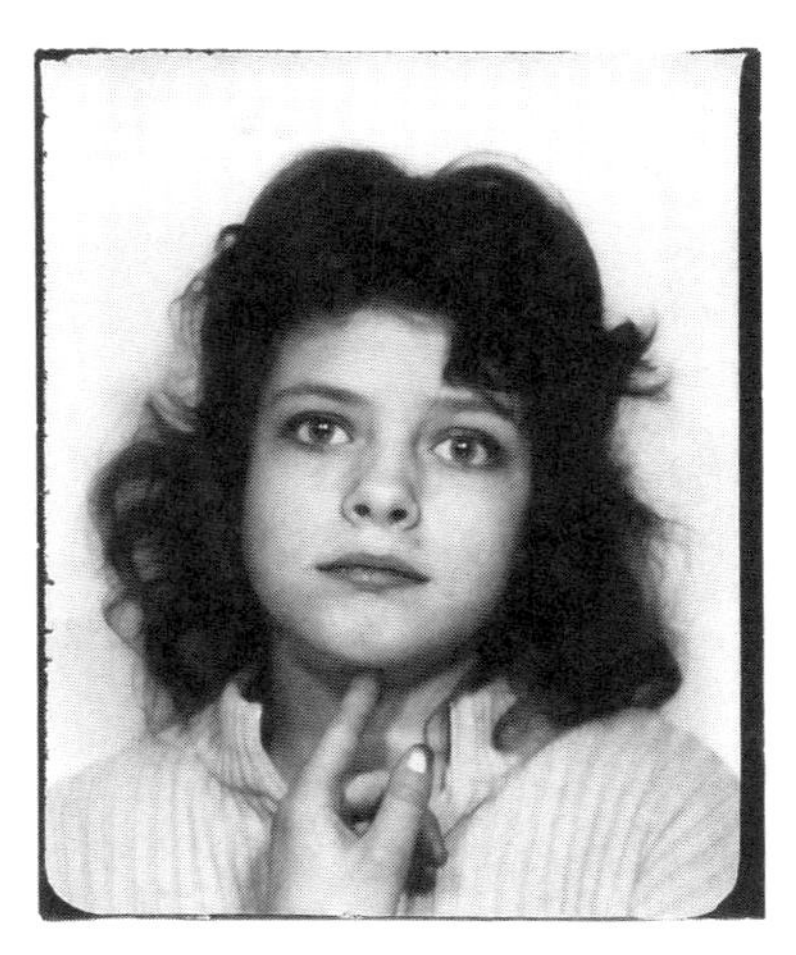

サラ・ユングクランツ，1972 年 3 月 30 日．この時期アストリッド・リンドグレーンと頻繁に文通しました．（個人蔵）

時には，封筒にまで内容のことが書かれていました．ある時など，サラは，封筒の折り返しにも書きました．（写真：イェンス・グスタフソン，国立図書館蔵）

この手紙は，筆跡や言葉の選択を示しているだけでなく，サラのいらだった感情をも表わしています．サラの手紙は，ほとんど鉛筆の手書きで書かれている上に，言葉にさらなる印象を与えるために，大文字，下線，それにイタリック体まで使っています．（写真：イェンス・グスタフソン，国立図書館蔵）

[1973-11-07]

Det syns ändå inte vad det står.

Om du har nog med egna bekymmer, så LÄS INTE detta brev, det är minst sagt ointressant och slarvigt. Ändå har du väl nog med bekymmer, fast du läser detta. Men jag har varnat.

Jag skriver fort utan att tänka efter. Det är ingen slump att det blir dej jag skriver, men jag förstår om du är trött på mina bekymmer vid det här laget. Så därför låter jag dej sluta här om du vill.

*

Jag vet inte vad jag ska ta mej till.
Mormor och jag kan börja bråka om vad som helst och både hon och jag är alltid tvärsäkra på vår sak. Det ena ger det andra och det blir hetsigare och hetsigare, och jag känner att 1. Jag har rätt. 2. ~~Mormor~~ Hur i helvete ska jag kunna få mormor att inse det? 3. Jag nästan börja hata henne i den situationen. Och jag vet att hon också känner det så, men herregud, det hon säger är ju helt barockt. (Hennes ord för vad jag säger!)

Sen mitt i alltihop går mormor och ~~börjar~~ lipa/gråta. Och jag får naturligtvis dåligt samvete och blir olycklig och känner plötsligt ömhet istället för hat. Men det vet inte hon.

Fast jag tycker likadant för det. Men sen sover inte mormor på hela (nästan) natten och ja i alla fall är det hopplöst att ha alla de där bråken som kommer igen ideligen.

Och det är mer synd om mormor än vad du vet och anar, men herregud.

Jaha, nu har jag skrivit av mej. Jag kan lika gärna kasta detta. Om jag skulle göra det.

Nej, förresten.

Sara Ljungcrantz, Häradsvägen, 34022 Eneryda

P.S. Det är inte på långa vägar så enkelt som det verkar.

Vid sånahär ~~[illegible]~~ här tillfällen önskar jag att jag kunde beskriva det så att man förstod precis hur det (var) är, det är mycket mer komplicerat och jäkligt än det låter.

~~P.S. Kasta genast detta. Sara~~

och ~~[illegible]~~ glöm ~~[illegible]~~ alltihop som stod, det var bara för min skull jag skrev.

Sara.

P.S. En helt annan sak. Jag har träffat Monica Nielsen och Pierre Lindstedt i verkligheten, men det är väl ingen ting.

ダーラ通りの自宅の仕事部屋で，タイプを打つアストリッド・リンドグレーン．ちょうどサラとの往復書簡が始まった頃．アストリッドは，いつも手動式のタイプを使っていました．電動タイプをメーカーから贈られたこともあったのですが，すぐに手放しました．（写真：撮影者不明）

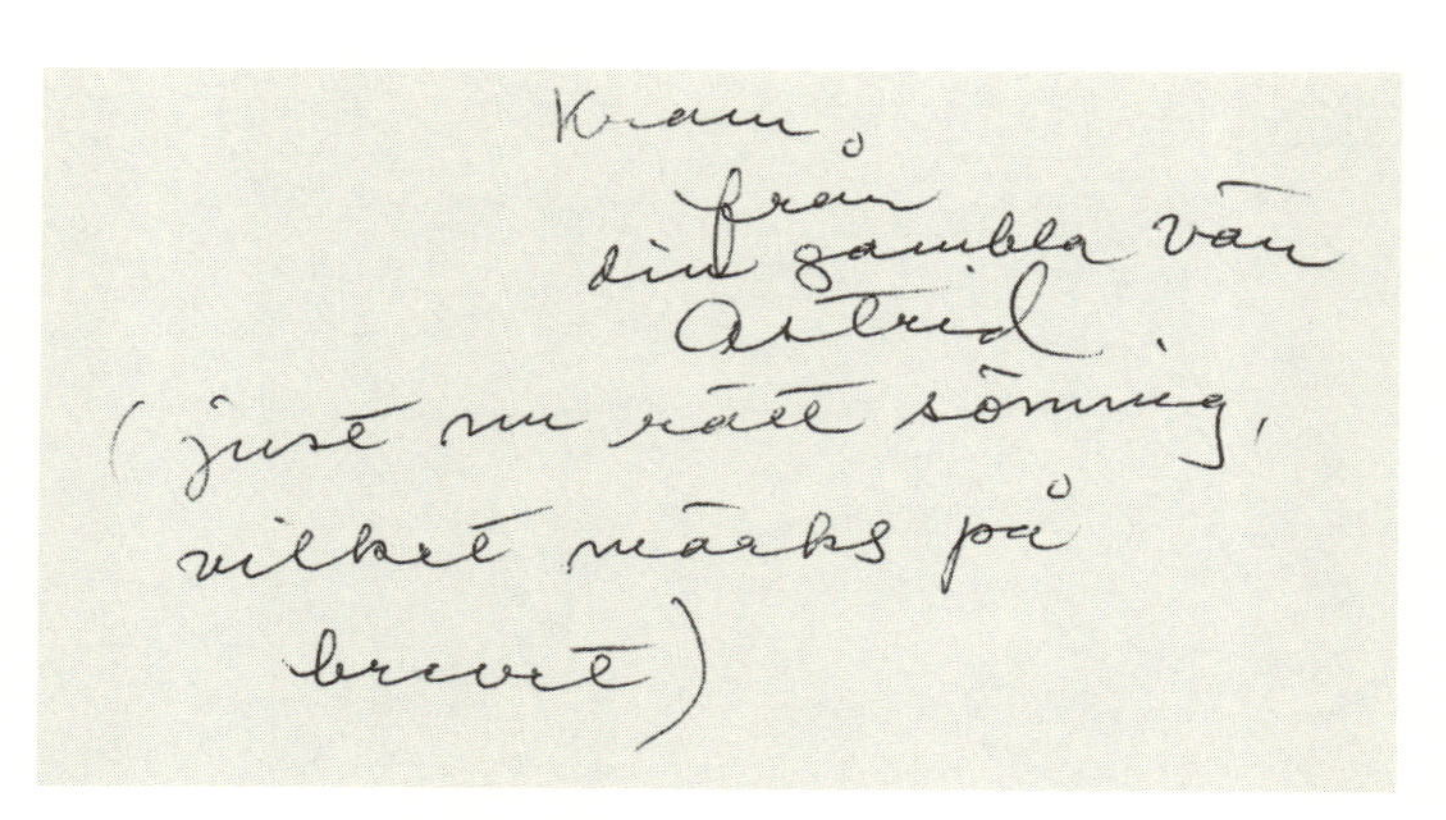

Kram,
från
din gamla vän
Astrid.
(just nu rätt sömnig,
vilket märks på
brevet)

「あなたの古くからの友アストリッドよりの抱擁を（ちょうど今はすごく眠いので，手紙にバレバレです）」(p. 230)
何万ものサインは別として，アストリッド・リンドグレーンの手紙での手書きのサインは比較的めずらしく，ここには，サラへの手紙の最後のあいさつが書かれています．（写真：イェンス・グスタフソン，国立図書館蔵）

ASTRID LINDGREN
DALAGATAN 46
115 24 STOCKHOLM

18.11.73.

Hej Sara, i denna mörka söndagsaftonstund vill jag skriva lite till dig, det var så länge sen nu.
Ja, om vi alla "kunde beskriva det så att man förstod precis hur det var", vad det skulle vara härligt. Men det är ju det som inte går, man kan beskriva ihjäl sig och ändå inte få fram det man vill. Det enda som är säkert, det är att allting har allra minst två sidor - din mormor är övertygad om att hon har rätt och att det du säger är barockt, och du vet att du har rätt och det är din mormor som är barock. Nu kommer du ju inte med några konkreta exempel på era tvisteämnen, så jag kan ju inte döma och det har du heller inte bett mig om, du har bara velat skriva av dig lite pys i själen, och till mig kan du skriva precis hur mycket du vill, jag kan aldrig upphöra att intressera mig för det. En gammal och en ung människa kan ju verkligen ha olika synpunkter på mycket, men jag hoppas bara innerligt att ni inte bråkar jämt utan har lugna stunder också. Du skriver att du ibland nästan känner hat, men när mormor går omkring och gråter, så känner du plötsligt ömhet i stället. "Men det vet inte hon", skriver du. Kan du inte förmå dig till att låta henne veta det? Om du plötsligt hävde ur dig den där ömheten, tror du inte det skulle vara härligt för henne - och för dig också? Nu tänker du att där ser man, det går inte att beskriva så att någon annan förstår precis hur det är. Nej, nej, det är väl så! Men...jag önskar så mycket att du ska ha det bra där i Håralycke, och det har du väl inte om det är kontroverser ofta. Hur är det, är det bara mormor och du som utgör en familj, ett hushåll, eller bor ni ihop med dina kusiner? Finns det andra människor i huset och hur har du det med dom? Du skrev en gång till mig att du litar på din mormor hundraprocentigt, det tyckte jag lät så fint. Berätta mer, är du snäll!

Förresten är den här årstiden påfrestande för mänsklig samvaro, folket i Nifelhem har lätt till onda ord och svårt för de milda varma. Förresten, det är nog inte bara här.

Sara, mi Sara, var rädd om dig och far vänliga fram där du går. Och skriv till mig igen.

Astrid

秘書養成学校で訓練を受けたアストリッドにとっては，タイプで手紙を打つのは当然のことでした．多くの手紙を受け取り，返事を期待されていることを考慮すれば，タイプは，効率的に仕事をするひとつの手段でした．返信は，しばしば郵便書簡に数行のこともありました．けれども，サラへの手紙は，アストリッド・リンドグレーン専用のA5サイズの用紙が使われていました．（写真：イェンス・グスタフソン，国立図書館蔵）

『白い石』でフィデリを演じたユーリア・ヘーデ．サラは，熱望していた役のことで，アストリッドに初めて手紙を書きました．(写真：スウェーデン・テレビジョン)

1971年，サラが6年生の春学期(クリスマス休暇の後から6月初旬まで)のクラス写真．サラは，後列左はしに立っています．この頃に最初の手紙をアストリッドに送っています．(写真：シェルマン写真館，ウルリスハムン)

ホーラリッケ，エーネリイダにある祖父母の農場．ここで，サラは，最後の２年間の学校教育を，祖父母の元から通い，受けました．「スウェーデンの領地と農場」(27号)から．(写真：イェンス・グスタフソン，国立図書館蔵)

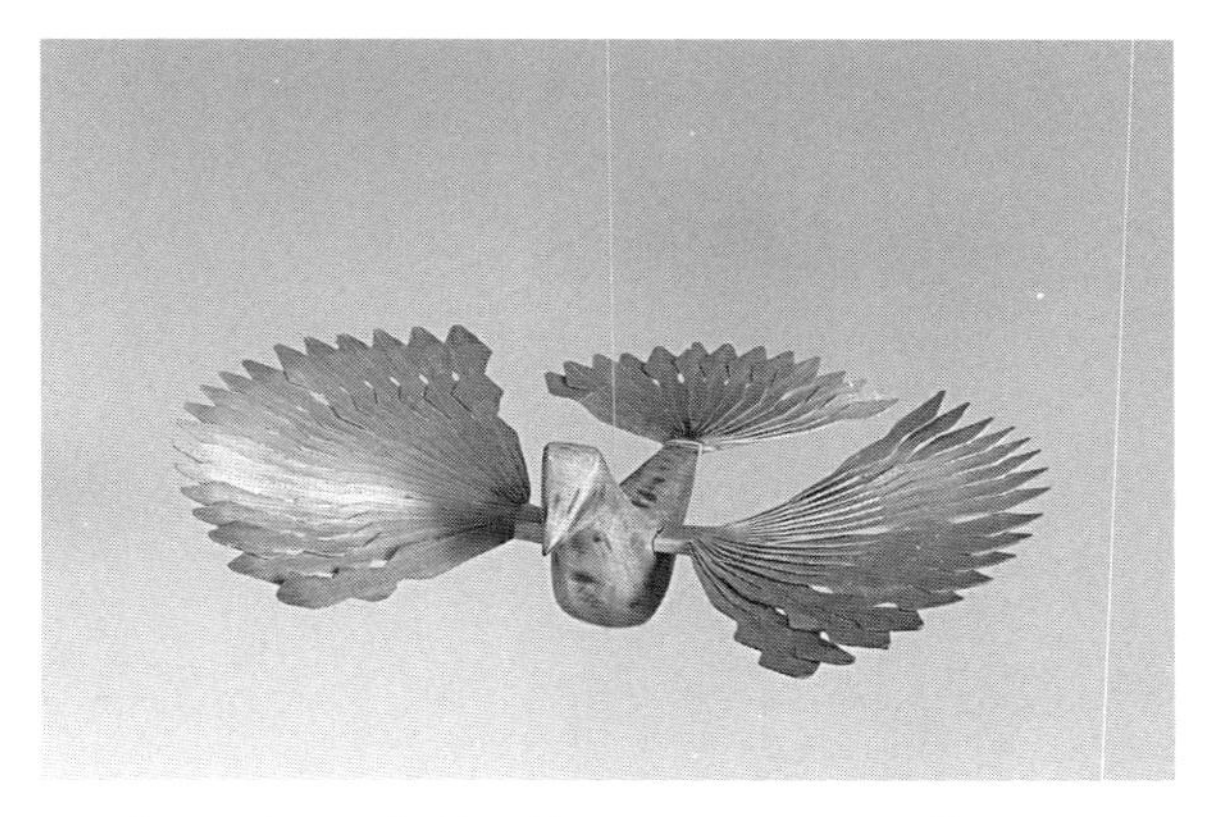

サラの祖父が彫った「平和の鳩」の一羽．これと同様のものをアストリッドは，サラからの贈り物として，1973年１月に受け取っています．ちょうどこの頃，アストリッドは，『はるかな国の兄弟』の原稿を執筆中で，作品の筋書き上，白い鳩には重要な役割がありました．その後，サラは，白い鳩の聖書からの引用の確認を手助けしました．(写真：レナート・タン)

リンドグレーンと少女サラ

秘密の往復書簡

アストリッド・リンドグレーン

1907-2002年．スウェーデン南東部スモーランド地方の小さな町，ヴィンメルビー近郊のネース農場で生まれる．

サラ・シュワルト

1958年，リンドグレーンと同じスモーランド地方に生まれる．旧姓はユングクランツ．

1971

［一九七一年　四月一五日］

わたしを幸せにしたいですか？

こんにちは、アストリッド・リンドグレーンさま。

わたしは、サラ・ユングクランツといいます［……］（もしも、お返事がいただけるのならね）［……］（お電話でもいいけど！）。わたしは、一二歳です。

わたしは、女優になるつもりです。わたしが思っているだけではないの。あなたは、書くのがすごく上手だと思います。でも、どうして、ピッピや、やねの上のカールソンを映画にしなきゃならなかったの？　それに、こんどは、エーミル。

ずっと前のことだけど、あなたをテレビで見た時、他にも何人かいたけど、あなたたちが、だれでもピッピのオーディションに応募できるといっていたので、わたしはすごくうれしくなったわ。ピッピの役ができると思っていたのです。けれども、オーディションすら受けられなかったの。ピッピの映画には、心底がっかりしたわ。もちろん面白かったけれど、本の中のピッピとは、ぜんぜんちがっていたもの。インゲル・ニルソン(1)が、ずばり悪かったというわけではないけれど、本のピッピのようには良くなかった。あの役が、きっとむずかしかったせいでしょう。わたしは、本のピッピが大好きだったけれど、どんなだったかは、今あんまり思い出せません。それから、トミーとアニカを演じた人たちは、超へたくそだった。あの子たちが、得意になっているのが、見てすぐにわかったわ。それに、どうしてあの子たちは、いまどきの服だったの？　わたしは、アニカには、レースのワンピースを着て、おさげにしてほしかったのに。

さて、やねの上のカールソンのことだけど。たしかに、わたしは舞台をまったく見ていません（ありがたいことに）。テレビでちらっと見ただけです。でもあんなに最悪な俳優はめったにいないわ。

そして、もうすぐエーミルの舞台がはじまります。エーミルは、舞台にならないだろうと思っていました。ところが、これも上演されるんだから。この作品もだめでしょう。あなたが、作品を映画や演劇にすることを許可したことが、どんなことなのか、わかってくれたらいいんだけれど。

それに、エーミルの三冊目、黄色い表紙の『エーミルの大すきな友だち』(2)。この本には、わたしはちょっぴり失望しました。あなたとビヨルン・ベリイは、何か新しいこと、エーミルをお笑いにでもしようとしたのかしら。さし絵は、いいかげんだし、いっそうふざけて描かれています。ふたりは、エーミルがどんなだったか、忘れちゃったの？

さて、別のことを話しますね。わたしは、グンネル・リンデ(3)もすごくいい作家だと思うの。彼女の本、『白い石』(4)は、少なくとも千回は読んだわ。この本が映画になるのを、あなたもきっと知っているでしょう？　わたしは、自分がフィッデリの役を演じられるように、神さまにお祈りしています。

応募の手紙を、もう送ったんだけれど、なんにも返事がありません。たぶんわたしが、フィッデリよりも一歳年上だからです。でもわたしは、まだ子どもの体型で女っぽくないし、たいていの人に、一〇歳か一一歳だと思われています。ある時、テレビ番組の「ヒイランド・コーナー」[5]で、三人の女の子が、フィッデリのオーディションを受けようとしているのを見て、くやしくて泣いてしまいました。あの三人の女の子なんか大嫌い！ **わたし**がなりたかったのに！

さて、わたしが、テレビ番組の「のぞき見」[6]に、オーディションを受けたいという手紙を送ってから、しばらく経ちました。最初、わたしはテレビ局へ行って(テレビで放映されるかまだわかりません)、わたしがフィッデリのオーディションを受けられるように力を貸してほしいと頼みました。わたしが帰ろうとした時、イェーテボリイのチーフ・プロデューサー(この人は足が不自由でしたが、わたしは、最初気づきませんでした)が、わたしの目の前までやってきて、グンネル・リンデを知っているから、電話をして聞いてあげると、言ったのです。わたしは、この人の顔を見て、あたたかい気持になりました。それから、なんだか、かわいそうに思いました。彼はすごくやさしそうで、悲しそうに見えたからです。彼は、今まで出会った人のなかで、一番善意にあふれた人でした。このあと、彼から何も連絡はありませんが、わたしは毎日、フィッデリになるのは、自分だろうと期待しています。あなたはきっとおかしなことだと思うでしょうが、わたしにとっては、ほとんど、決まっていることなんです。でも、時々心配になって、考えるのです。「もしも他の人がなったら、どうしよう！

わたしは、年が上だし。」でも、わかっているのです。もしも他の人があの役をすることになったら、泣くってことが。ひどく泣くわ。

でも、わたしが、フィッデリの役をすることができたら。ええ、ありえないほどすばらしいことになるでしょう。もうだれもわたしにいじわるをしたり、いじめたりしないでしょう。

お願い、お願いアストリッド・リンドグレーンさま。わたしにとって、こんなに大切なことでなかったら、ここまでお願いしないでしょう。でも今わたしは、あなたにお願いします。わたしは一二歳ですが、オーディションが受けられるように、あなたの力の限り、応援してくれるように、お願いいたします。あなたには、影響力があることを知っています。

わたしは、あなたのことをとってもすばらしいと思っています。

お返事を待っています。

サラ・ユングクランツ

追伸。もちろんわたしは上手に演じます。フィッデリの役は、まさにわたしのためにあるのだということがわかっています。この役でいただくお金は、セーブ・ザ・チルドレン(7)に寄付することにしています。ずっと前から決めていました。

サラ

助けてください！

もしも、わたしがオーディションを受けることになっても、あなたに後悔させませんから。

うまくいって、わたしの夢がかなったなら、あなたは、他のどんな女の子よりも、わたしを幸せにすることが出来るでしょう。

この手紙は、とても大切です。これを書いているのは、すごく孤独な女の子です。

サラ――フィッデリ

(1) イングル・ニルソン――ピッピ役を演じた女優。
(2)『エーミルの大すきな友だち』――一九七〇年刊。日本語版は二〇一二年、岩波書店。
(3) グンネル・リンデ――一九二四―二〇一四、ストックホルム生まれの作家。テレビやラジオのプロデューサーとしても活躍。
(4)『白い石』――一九六四年刊。日本語版は『ひみつの白い石』一九八二年、冨山房。
(5)「ヒイランド・コーナー」――レンナート・ヒイランドの司会による、スウェーデンではじめてのトーク・ショウで、一九六二年から一九八三年まで続いた人気番組。
(6)「のぞき見」――スウェーデンで一九七一年五月から六月にかけて、七回シリーズで放映された。
(7) セーブ・ザ・チルドレン――一九一九年ロンドンで創設されたNGO、子ども救済基金。戦争における敵味方を問わず、ヨーロッパの子どもに食料と薬を送った。今では、日本を含め世界で三〇か国の団体がセーブ・ザ・チルドレンの名のもとに連携し、約一二〇か国で活動している。

＊この手紙が届いたあとに、リンドグレーンからサラへ返信があったが、手紙は残っていない。

［一九七一年　六月あるいは七月］

また、わたし、サラです。この前の手紙は送ってから、ほんの数日ですぐに、しまったと後悔しました。わたしは、あとで悔やむようなことを、いつもいっぱいしてしまうのです。最悪なのは、しょっちゅうわたしの印象がいろいろ違って、人に伝わってしまうことです。今は、この前のバカな手紙を送ったせいで、落ちこんでいます。あなたに与えたわたしの印象は、たしかにそのとおりです。他の人は、また別の印象を持ちます。それは、わたしが、あまりにもいろいろだからです。時にはバカだし(今回のように)、時には賢明なせいです。たとえば、

一、わたしは、学校で六回教室から追い出されました。手芸の先生は、今まで受け持ったなかで、たぶんわたしが一番出来が悪いと思っているでしょうし、他の人もみんな同じように思っていると信じています。

二、ちょっと前のことですが、わたしは家族と一緒にイギリスにいました。むこうで、おばさんたちは、母さんにこう言っていました。「まあ、サラは、なんて愛らしい女の子なんでしょう。」と。み

―んなこんなふうに思っていたのです。

三、わたしと、本当にしょっちゅう一緒にいて、おもしろいことをいっぱいやった友だちは、わたしのことを(自慢したくありませんが、友だちが言っただけです)、すごくおもしろくて、楽しいことをいっぱい思いつくから好きだと言ってくれました。(あなたは、わたしが単純で信じやすいと思ったでしょうが、そんなことありません。)わたしがそんな人間だと、友だちは考えているのです。

さて、あなたに、あんなでたらめなことを書いたわたしは、クソッタレのバカでしたが、あなたがわたしのことをバカだと思うのは、すべてわたしに責任があります。

あの手紙は、ちょうど、わたしの機嫌が悪くて、何もかもに腹を立てていて、いきおいで書いたものです。そして、自然の成り行きで、わたしはなんでもかんでも大げさに言ってしまったのです。まちがいなくわたしは、バカでした。今はあのように書いたことを、悔やんでいます。きっと、あなたは、ひどく気を悪くしたことでしょう。ごめんなさい。

わたしの友だちは、ピッピやトミーやアニカは、よくなかったと言っていましたし、わたしも、そうだ、そのとおりだと言いました。けれども、わたしはたぶんうらやましかっただけで、あなたの言うとおりです。よくよく考えてみると、三人ともすごく上手だと思います。

そして――**『白い石』**は、自分でもだめかもしれないと思っていました。本当はわたしだって、自分が思っているほど上手にできないかもしれません。でも、そんなこと考えたくなかったのです。今でも、フィデリ[1]役が出来るなら、どんなことでもするわ。(だいたいですけど。)でも、もし、この役ができなくても、ちゃんとやっていけます。

ずっと前に、母さんが言いました。

「サラ、もしもいい女優になりたいのなら、子どもの時に映画に出ないようにね。」

わたしは、このことを忘れていません。けれど、フィデリ役を募集しているとなると、そう、がまんできなくて応募してしまったのです。そのうえ、このことをあなたに手紙に書くほどのおバカさんでした。

はい、残念ながら、わたしは俳優たちに批判的でした。何人かは最高だけれど、何人かは最低だなんて言いました。あんなことを言ったのは、愚かでした。ピッピとトミーとアニカのことについて書いたことは、取り消します。三人ともとても上手でした。今では、もう映画が台無しだったなんて思っていません。映画は、本とは別のものになっていましたが、ぜんぜん悪くなかったです。もしも、だれかが、映画のことを最悪なんて言ったら、わたしは、映画のことをかばうって、約束します。

そして、わたしが、エーミルの三冊目の作品のことを批判したのは、あまりにもひどいことでした。本当のところ、ビヨルン・ベリイはすごく上手に描いているので、わたしがあんなふうに言うことはできません。この前の手紙でわたしが断言したことは、まったく不公平なものでした。あなたが悪く思われたのは、よくわかります。

エーミルの三冊目のことを、あんなにひどく書いたのは、自分でもあきれます。書いたことすべてを取り消したいです。本当はこんなふうに言いたいのです。

エーミルの本は、今まで書かれた作品のなかで、一番すばらしいシリーズです。登場人物はとても生き生きと描かれていて、さし絵も最上の出来です。文章と絵がお互いによくあっていてすばらしいです。お話のすべてが実際にあったようで、すべてがスモーランドらしく書かれています。農場、お医者さんのところ、木工小屋、イラクサ、牛や馬などの動物、わたしには、すべてに見覚えがあり、とてもよくわかりました。というのは、母方のおばあちゃんとおじいちゃんがスモーランドの農場に住んでいるからです。(エーネリイダのホーラリッケという農場です。) この前**この本**について書いたことは、どうしたらあんなにひどいことが書けるのかというようなものでしょう?

あなたが書いた返事のなかで一番いやだったのは、どうしてわたしが孤独だと思っているのかと最後に書いてあったことでした。あんなふうに、書いてほしくなかったのです。あなたは、作品のなかでよくひとりぼっちの子どもを書いています。その子たちは、あらゆる点で同情されているように思います。とにかくわたしには、そう思えるのです。でも、そういった子どもが孤独から抜けだそうとしても、多くの人たちにとっては受け入れるのがたぶんむずかしいのでしょう。ただ誤解してほしくありません。まず言いたいのは、ちょうどあの日は、きっとわたしがちょっと特別孤独に感じていたのです。でも本当は、あの時だけじゃないのです。お話ししましょう。

わたしが学校へ行きはじめた時、ひとりの女の子、仮にA子としておきます、がクラスにいました。彼女のお父さんとお母さんは離婚していましたが、このことはたぶんここでは関係ないでしょう。とにかく彼女は、なんでも自分が決めるのがあたりまえでした。わたしは大げさに言っているのではありません。A子は、わたしたちのなかでは身体が一番大きかったし、一番強かったので、わたしたちはA子に一目置いていました。A子がなんでも決めましたし、みんなも彼女に決めさせていたのです。わたしも、A子が決めることを当然だとしていたのですが、本当は望んでいませんでしたし、このやり方が一番いいとも思っていませんでした。それでA子は、わたしに腹を立て、みんなにもわたしに敵対するように仕向けました。以前は仲のよかった友だちも今ではみんなA子の言いなりです。A子が、他のみんなにわたしをぶてと言った時には、命が危ないとさえ感じました。こんなのが何年も何年も続いているのです。

こんなことすべてに、わたしはずっと我慢してきたせいで、ほんのちょっといじわるをされるだけで、ひどく悲しくなってしまうのですが、それを外には見せないようにしています。今でもわたしをいじめている人たちは、A子をはじめ他にも何人かいるのですが、わたしに「くそったれ」なことをしはじめた頃から、いまだにメンバーは、あまり変わっていません。けれどわたしは、こんなことには、へこたれずにいたいのです。でも、A子たちは、そんなわたしをどうしても受け入れたくないのです。わたしのことを、バカで、最低な奴にしておきたいのです。そんなの、わたしはいやです。

こういう人たちをのぞけば、わたしの友だちには、いい人がいます。少なくとも、わたしを知っている人は、ほとんどみんな親切です。そう、あなたに、わたしのことを、文句ばかり言うとは思ってほしくないのです。この前送ったわたしの手紙を読んだあとなら、あなたが、「あの子は、いやな人間だわ。文句ばかり並べるし、絶対に満足しないし、自分だけがよければいいのよ。うぬぼれていて、自分は他の人より勝れていると勝手に思いこんでいるのだから。」なんて考えるのはもっともだとよくわかります。

でもね。あの手紙は、たった一回のバカげた、大失敗なのです。あんなひどいことを書いたことを許してくれますか？

――もしもあなたが、たとえば〝アニカ〟に、あの手紙を見せていて、サラはバカだと言ったりしていたら、こんどアニカに会った時には、わたしが全部取り消したと言ってくださいね。それからお願いしたいのですが、あのあきれた手紙をとにかく捨ててください。そして他の人がわたしのことをとびきりバカだと思わないように、見せないでください。

(いいえ、違います、今わたしは幸せになりたいというのではありません。映画出演については、わたしは長い目で考えることにしています。)

(わたしは、すべての子役に批判的なのでは、ぜんぜんありません。)

わたしが、舞台で、**すばらしく演じられる**とも思っていません。いえいえ、わたしが映画に出るなら、確かに気をつけなくてはなりません。でも、わたしはもう少し大きくなるのを待つのがいいのでしょう。今までいっぱいバカなことをしてきましたが、なんといっても一番ひどいのは、あの手紙を書いたことでした。

あなたの手紙を読んでいると、まるでわたしの目の前にいて、話しているようです。わたしは、本当にバカでした。わたしは、ずっとあなたのことをすばらしいと思ってきましたが、今も同じように思っています。

サラ・ユングクランツ

（1）フィデリ――サラは、前の手紙ではフィッデリと書いていた。

1972

［一九七二年　三月二七日］

親愛なるサラ・ユングクランツさま。サラからの手紙が、どれほど長いあいだ、返事も書かれずに、ここに置かれていたかは、だれにもわからないでしょう。神さまはご存じでしょうが、おそろしく長かったので、今度は、ひょっとしたら、サラ自身も忘れているのではないかと心配です。あなたの手紙は、自分のことについて、何が悪かったのか、よかったのかなどをよく考えていて、本当に興味をひくものでした。そして、わたしに、〝バカなことを書いてしまった〟と、自分を責めていますが、ぜんぜんそんなことはありませんよ。手紙は、バカらしくなかったし、サラもバカではありません――たぶんわたしが何かあなたが悲しむようなことを書いたのでしょうが、よく覚えていません。でも、とにかくあなたを悲しませるつもりではありませんでした。ああ、失敗、失敗。みんな、時には意図しないことを書くのです！　わたしが心配しているのは、おそろしいことですが、あなたがわたしに、包みかくさずに手紙を書いてくれたあとに、長く返事を待たされたことです。できるなら、許してください。わたしは、よく出かけたり、旅行したりしますし、家を空けていて帰って来ると、手紙の大きな山が待っています。たぶんわたしは、あなたの手紙を、ちょっと横に置いたのでしょう。二、三行だけですむ手紙ではなく、もう少し長い返事が必要だと思われたからです。

いずれにしても、サラ、あなたが今はうまくやっているようにと願っています。あなたは手紙で、ある友人が何年ものあいだ、あなたをいじめていると書いていました――サラがいつまでもいじめを許しておくとは思いませんが、いじめられているあいだは、おそろしくつらいものだということはわかります。

わたしが、早く返事が書けなかったことで、気を落とさないでください、絶対にね！　春のお日さまが、サラとわたしに降り注ぎますように。

アストリッド・リンドグレーン

［一九七二年　四月四日］

ため息をつかないでください！　全部を読まなくてもいいんだから。――なんだか変なんですが、あなたの本の中のたくさんの言葉や表現や意味が頭から離れません。わたしの心の中にすとんと入ってきたのです。

注意：このことは、ぜんぶ内緒！

あなたの本の中の人物が、実際にはこの世にいないなんて、まるで理解できません。まるであの人たちが、生きているように思えるのです……。

アストリッド・リンドグレーンさまへ

本棚の上に一通の手紙が置いてあるのが見えます。

わたし宛ての手紙だと思いました。見まちがい？　わたしは、封筒をあけて、便せんの左上に書かれた名前と住所に目をやりました。心臓がドキドキしだしました。（なぜだかよくわからないのですが、ふいに心臓がドキドキしだすことがあるのです。）ありがとう。お手紙、本当にありがとうございました！　生きている限り、あなたから届いた手紙のことや、あなたへ出した手紙のことは絶対にわすれません。あなたにはじめて手紙を書いた時のことも。ワァー、ああ、そのことを思うだけで真っ赤になってしまいます！　そして、あなたが、はじめてお返事をくださった時のことも！　お返事を読んで、最初は頭にきて、それから悲しくなり、あなたに文句を並べた手紙を書こうと考えました。けれどもそのあと、そのことをよくよく考えてみると、あなたの言うとおりだと思うようになったのです。ちょっといらいらしましたが。最悪なのは、あなたがわたしのことを嫌いにちがいないと思えたことです。（わたしは、あなたのことがすごく好きなんです。あなたの本が好きってことですし、テレビであなたをちょっと見たのです。）だから、わたしはまた返事を書いています。わたしは、バカな手紙を書いたことを本当に悪かったと思っています。（確かに、超バカでした。）

たぶん、最初、わたしは返事が欲しかったのです。でも、欲しいものをなんでも欲しがることはできないもの。あなたが、届いた手紙すべてに、まじめに返事を書いて、六五エーレ[1]もの切手代をはらっているなんて、信じられません。

近頃は、たぶんうまくやれています。何か月か前、わたしは〝騒ぎ〟をいっぱいやらかしてしまいました。家出、万引き、ずる休みなど、など。やれやれ。ボロースにある青少年精神クリニックに送られてしまったのは、愉快なことではありませんでした。残念ながら、ほとんどの人は、そこを精神病院だと思っています。あなたがそう思わないように願っています。そこは、つまり一二歳から一八歳の問題を抱えた子どもの家なんです。たとえば、やかましく騒ぎたてたり、神経質すぎたり、飲酒したりなどの問題。そこへ行ったのは、わたしが極度の暗所恐怖症で、家でもいつも面倒なけんかをしていたからです。

そのあと、そこから戻って、数か月のあいだ、何軒かの近所の人の家で暮らしたのですが、そこでもごたごたと騒ぎを起こしたので、また自分の家に戻りました。

わたしが小さい頃、ある女の子がわたしをいじめたのは、たぶんわたしにもいくらか悪いところがあったのでしょう。つまり、この世でうまく生きていくためには、力のある人(人気のある友だち)に、いつもそうそうとあいづちをうったり、取り入ったりするんだってことが、わかっていなかったのです。一番最初からすでに、なぜか人気がぜんぜんないという場合にはね。そしてわたしは、もしもだれかが〝けんか〟をしかけてきたら、たいてい抵抗できません。残念ながら、弱すぎるのでしょう。もしもそのけんかがひどいものだったら……ああ、ああ、ああ！　あれほどきついことはないでしょうよ。たぶん、ある人が、わたしが青少年精神クリニックに行っていたことを学校で言いふらしたのでしょう。わたしは、なんにでもショックを受けすぎるのです。

エーミルの映画を見ました。すばらしかったです。どうしてこんなにすばらしいのかわからないほどです。出演していた人たちは、最高でした。一〇〇パーセントよかったです。とくに、エーミル役のヤン・ウルソンと、エーミルのお父さん役のアラン・エドヴァル。お手伝いさんのリーナも、よかったです。(たぶん本の中のリーナには似ていなかったけれど、気になりません。)『名探偵カッレくん』[2]や、『わたしたちの島で』[3]もテレビでまた見たいなあ。

無理にお返事をくださらなくていいのです。あなたが、わたしへの手紙はもう十分だと思われていると、わかっていますから。

サラ

追伸：あなたは、スモーランドでお生まれだから(つまり、そう思っているってこと)、エルムフルト郊外のエーネリイダの古い農場を、ひょっとしてご覧になったか、あるいは名前をお聞きになったことがありますか？　農場はホーラリッケという名前です。わたしの母さんは、そこで生まれ、そこで育ちました。わたしのおばあちゃんとおじいちゃんはまだそこで暮らしていますし、いとこたちもいます。わたしは、そこはすばらしいと思っています。(文字どおりすばらしいというのではないのですが、うまく説明できません。)家も森も何もかもすばらしいです。あなたが見ても、わたしが好きなほどには、好きにはならないでしょうが、わたしはいつも、いつも(ほとんど)、ただ、あなたの本にはみんなこの農場が描かれていると思っているので、こんなことを書いています。とくに、「やかまし村」や「エーミル」のシリーズ。

まったく同じではないのですが、ほとんどそっくりです。とにかく連想させるのです。（ウフッ、バカみたいに聞こえますが、そのとおりなんです。）（それに、わたしもスモーランドで生まれました：わたしは、スモーランドで暮らしている人たちよりも、スモーランドを愛しています、たぶん。）（こんなふうに言うことができます：わたしは、この国を愛しています、わたしはスモーランドをもっと愛しています。だから、きっとわたしは、スモーランドが舞台の「エーミル」シリーズが好きなんでしょう。もちろんそれだけが理由ではありませんが。）ワァー、なんてバカげて聞こえるのでしょう。

もしもまったく自分勝手なことをお願いするとすれば、それはなんなのか当てられるかしら？　それは、「じょ」で始まるの。そう、「じょゆう」。あたりです。役のためなら、お金を払ってもいいぐらい。小さい頃は、作家になりたかったけれど、一〇ページとか一五ページ書いても疲れないのなら、書きはじめられるのですが。

お返事を書かないで！　もしも書きたくないのならですが。前に、あなたをテレビで見たのですが、その時、あなたは、子どもが苦労して書いてくれた時には、返事を書きたいのよと、言っていました。でも、これは、苦労してじゃなくて、楽しく書きました。

ごめんなさい、長くて、たいくつで、くだらなくて、たわいもない手紙で。


サラより、一三歳。

みっともなくて
バカで
くだらなくて
なまけもの

わたしのマークです

まあ、自分のことを、どれだけたくさんお話ししたかしら。それでもまだ一〇〇〇分の一もわたしのことをご存じありません。わたしは、あなたのことを知っているようで、もちろんぜんぜん知りません。**おわり。**

(1) エーレ——スウェーデンの通貨単位。一クローナが一〇〇エーレ。
(2)『名探偵カッレくん』——一九四六年刊。日本語版は一九五七年、岩波書店。
(3)『わたしたちの島で』——一九六四年刊。日本語版は一九七〇年、岩波書店。二〇一四年夏、『なまいきチョルベンと水夫さん』というタイトルで、映画が日本で上映された。

［一九七二年　四月］土曜日

サラ、わたしのサラ。長くて、とてもすばらしい手紙を書いてくれましたね。それでどうしてもサラのことを考えてしまいます。サラは、きびしい、つらい生活をしている人のひとりだとわかります。知性に恵まれ、繊細な神経を持っているが故に——このような若い人たちは、この世には、どれほど多くの悲しみや愚かなことがあるかを、いつも自分のこととして捉えて、**理解する**のです。きわめて安定した状態で、できるだけ楽しく時を送りたいと考えているだけの人たちは、どこかの青少年精神クリニックにお世話になることなど絶対に必要ないのです。——わたしにとっては、サラがクリニックに行ったことは、サラが繊細な人間であるという証明になるだけで、それ以外のものではありません。サラが、精神病院に入っていたとか、精神病だったとは、まったく思っていません。まあ、まあ、まあ、ただ何か助けが得られるのなら、みんなすぐにも、どこかの精神クリニックに行く必要があると思いますよ。たぶんサラは、そこで何か得るものがあったことだろうし、そう願っています。精神病の治療に関しては、いまだに、まったく一八〇〇年代の時代遅れの考え方をする愚かな人たちがいますが、サラはそんな人たちのことは、気にかけないようにしてください。

サラのこの前の手紙のあとで、わたしはますます悪かったと思っています——ひとつ前の手紙に返事を書かないまま、長く時が経ってしまったので、そのあいだサラはとてもつらく、悩んでいたことでしょう。今回の手紙で、「近頃は、たぶんうまくやれています。」と、書いていますが、――たぶんというのが、うまくやるということの本当の意味を知らないことによるのではないことを願っています。手紙の中で、サラは、自分のことを、「みっともなくて、バカで、くだらなくて、なまけもの」だと、書いています。サラは、バカではないし、くだらなくもないということは、あなたの手紙で確かにわかりますので、他の人たちがどんなに言っても、わたしの考えは変えないと言っておきますよ。でもね、一三歳の頃は、みんな自分はみっともないと思うものです。わたしもその頃は、自分はだれよりもみっともないし、自分のことを好きになってくれる人なんて永久に現れないと確信していました。――でもね、少しずつ、自分が思っているほど悪くはないと気づいたのです。あなたも同じように思うようになると推測しています。生活の中にあるつらいことを解決する力があなたにあるようにと、わたしが、心から、本当に望み、願っていることを、おわかりでしょう――近頃の多くの若い人たちがするような、不安や悲しみのせいで、その場限りの楽しみを得ようとするあまり、あとですべてが一〇倍悪くなるような方法で、自分を慰めようとせずにね。――酒とか麻薬のことを指しています。サラのことを信じられる理由があるという意味ではないのですが、サラは自分で、つらく悲しい時には、助けてくれる何か、何かをつかもうとするのだとよくわかっていることでしょう。わたしは、ただあなたが酒や麻薬といった刺激に頼るのではなく、困難なことに向かって一歩一歩進んでいけるようにと、心の底から願っています。ありふれた喫煙でさえも、この与えられた身体に、生きている限りつきあううえで、とてつもないしっぺ返しをするものです。おばさんのくどくどしたお説教だと思わないでくださいね。ただ、わたしは、一三歳のサラが、これから元気で、何事もうまくいってほしいと、願って、願って、願っているだけです！

サラが、暗い所がどうして怖いのかなと考えています。どうしてそうなったか、自分で原因が探り当てられますか？　わたしは今まで暗い所が少しも怖くなかったので、どんな感じなのかが、わからないのですが、きっと最悪なのでしょう。サラが、スモーランドのその農場で育たなかったのは、残念でしたね。そこで育っていたら、あらゆることが、また違っていたことでしょうよ。わたしがネースを愛するのと同じように、サラがその農場を愛することは、とてもよくわかります。ネースというのは、わたしが育った農場で、「やかまし村」シリーズの舞台となったところです。

サラの小さな写真でもあれば、いただければとてもうれしいです。サラ、ウルリスハムンには、本当に俳優養成所はないの？　市立図書館などに併設されていないかしら？　サラが抱えるいろんなことのためにも、もしも演ずることができれば、気持を吐き出せると感じているのだとわかります。本物の女優さんにきっとなれるでしょうが、一〇代で映画出演するのは、期待している夢の実現になるとは思えません。それに反して学校教育は――残念ながらサラは自分で怠け者だと言っていますが！――学校教育なしでは、女優としてやっていけないと、わたしは思うのですが、そのためなら学校での勉強をがんばれるでしょう。ひょっとしてサラにとっては、大切なことではないかもしれませんが、あなたが困難を乗り越えられるように、どんなにわたしが一生懸命願っているかを感じてくれればうれしいです。だからもう、家出や、万引き、ずる休みなんかは止めましょうね。

こういった手紙を他の人に読まれずに保管することはできますか？
サラに、何を書いてもいいのかしら？　さよなら、サラ、わたしのサラ！

アストリッド

［一九七二年　四月一一日］

（『ピッピの家出』の映画を見て、はじめて家出のことを本気で考えはじめちゃった。）

アストリッド（リンドグレーン）さま
お手紙、本当に、心からありがとうございました。あのね、あなたが書いてくださったこと全部を、あんまりしょっちゅう考えているので、そのうちにお手紙を暗記できるようになりそうです。
残念ながら、わたしは神経が過敏になっているようです。ふいに泣きだしたり、わめいたり、学校から（さぼることです、つまり）飛び出したり（自転車で）、そのあと森に入って泣いたり、自分のことをかわいそうと思ったりしています。もしも、だれかに傷つけられたら、ですが。
それだけじゃなくて、おばあちゃんや母さんのことを考えるだけでも、泣いちゃうんです。ふたりのことがすごく好きなだけなんですが。

わたしは、他の人を引きつけることができます。たとえば、教室で一時間たっぷりバカ笑いをして、クラスじゅうを笑いの渦に巻きこんだりできるんです。あるいは、この前の手紙で書いたことよりももっと悪いこともします。ここ何か月かは、学校に行くのが一五分から三〇分遅くなっています。ほとんど毎日遅刻です。というか、八時前には起きないんです。

ちょっと変なことですが、家出にあこがれてしまいます。(とくに、雨が降っているとか、暖かい日なんかの、夕方や夜になると。いつも春のことなんですが。)それはもう、家出をせずにいられないほどなんです。二回家を出ました。それぞれ違う理由で、その日のうちに帰ったのですが。三回目の家出は、失敗に終わりました。つまり、わたしは、そんなに頭が切れるタイプじゃないの。でも、家出って、外へ飛び出して、自由を味わえる特別な感じがするんです。ああ、それにしても、なんてすばらしい感じなんでしょう。でも今はもう家出をしません。母さんが心配するのを見ると、気の毒になるからです。

わたしは、精神科医を信用してもいいのかどうか、わからなくなっています。いいえ、ある意味では信用しています。でもある人(精神科医)が、わたしのことについてごく小さなことまで詳しく知っているというのは、ちょっと傷ついちゃう感じがするのです、時々。

ああ、あなたがすぐに返事を書かなかったなんて、考えないでください。そもそもお返事をくださることが最高にうれしいことなんです。わたしなんか、そんなにたくさんの手紙をもらわないのに、何週間も何か月もたってから、返事を書くことがしょっちゅうあります。

わたしは、調子のいい時と悪い時があります――日によって違うのです。わたしは、こんなふうに見えているけど、いつも楽しいってわけじゃないの。「大きくなって、きれいな女優になったら、すべてうまくいくわ。」なんて、考えるのは、ちょっと子どもっぽいですか。でも、そんなふうに考えていなかったら、きっともっと落ちこんでいたでしょう。それを信じているわけじゃないけれど、人はたぶん何かに希望を持っていなくてはならないのでしょう。

お酒とか麻薬を始めようなんて考えていません。これから先いつかはお酒を飲むことがあるかもしれませんが、だれも今から心配することはないでしょう。

ある時期、かなり煙草を吸っていましたが、やめました。(あなたの意見に賛成します。でも、半年ぐらい前なら、たぶん賛成していなかったと思います。)

暗所恐怖症にかかると

わたしの暗所恐怖症は、単に暗い所が怖いという人と、悪魔に殺されそうだと真剣に怖がっている人との、中間ぐらいのものです。悪魔に殺されそうだなんて、信じてはいませんが、そんな感じはわかります。あなたが、暗所恐怖症になったことがないことは知っていました。前からわかっていたのです。暗い所が怖くなった時は、本当に最悪です。夜によく起こるのですが、ほんのちょっとした怖そうな場所でも怖くなってしまいます。わたしが、ひとりでいる時にだけ起こるのです。説明できません。わたしは、人間は死んでからもずっと生き続けると信じています、そしてそれはまるで、わたしがいつもひとりぼっちではないようでしょう……。

たとえば、今は、夜の一一時半です。わたしは、ひとりで起きていて、この手紙を書いています。わたしは、ホーラリッケ(農場)の田舎にいる時でさえ、暗所恐怖症になります。

なんにでも強く感じすぎるのです。(もしかして、このことって、わたしが、女優になりたいことと関連があったりして。ごめんなさい、くどくどしつこく言って!)

地図を広げると、ネース農場は、北のダーラナ地方にありました。わたしは、あなたがスモーランドで育ったとずっと思っていたのです。でもたぶん〝ネース〟という農場はふたつあるのでしょう。ウルリスハムンには、たぶん演劇活動ができるような所はひとつもありません。もしもあったとしても、行きたいかどうかはわかりません。(演劇クラブのようなものがあれば、すでにわたしは知っていたに違いありません。)

ええ、残念ながら、一〇代で映画に出るのは、きっといいことではないのでしょう。ただ、もちろんフィデリの役のことでは、わたしは気がおかしくなりそうでした。それにしても、映画(『白い石』のこと)が話題にならないのは、おかしいですね。わたしは心の深い所で、きっと映画になって欲しくないのでしょう。フィデリ(わたしがなりたいの)役をする女の子がうらやましいのではなく、わたしであっても、だれか他の人であっても、フィデリを、本に書かれているようにうまくはできないと思うからです。あなたは、この本を読まれましたか。**すばらしい、本当にいい本**です。

ちぇ、学校へ行かなくてもいいんだったらなあ。学校なんて**大嫌い**。役に立たないことばかりに、**あくせく、あくせく**しているだけ。宿題、テスト、早起き、時間厳守、教室、教科書、探してばかりのロッカーのキー。人間的じゃないのよ。残念ながらカンニングなんかもあるし……。わたしは、もうやっていけそうにありません。それに、あの……校長室。いやよ、いや。どうしていい成績を取らなくちゃならないの。成績ですべてを測るべきじゃないでしょう。あのね、ある年のわたしの成績の平均は四（五段階評価で、五が一番いい）でした。今は、二か三でしょうよ。まったく、何もかもから逃げられたら、どんなにいいか。あーあ、まったく。ええ、わたしにどんなことでもいいから、書いてくださいな。あなたが**書きたいと思ってくださって、お時間があればですが**。

ほんの数行でも、ともかく、わたしはうれしくなります。あなたのお手紙で、どんなにわたしがよろこんでいるかをご存じなら……。

（わたしが、〝知性に恵まれている〟なんて、だれかをうまくだませたとは、ちょっとうれしい驚き。わたしは、いつもあなたがすごく賢くて、すぐれていると思っています。あなたのように、言葉を選んで、あんなに書けるのだから、きっとそうなんだと思います。わたしもそんなふうに書けたらなあと、望んでいます。）

（時間は、夜の一二時です。）（ここで止めたとしても、明朝は疲れているだろうし、遅刻して、居残りになるでしょうよ。あんまり気にしていないけど。）

ヤダー、暗所恐怖症になりそうな感じ。他のことを考えるために、ちょっと何か別のことを書きます。

えーっと、ふむふむ。じゃ、さよなら！　サラ

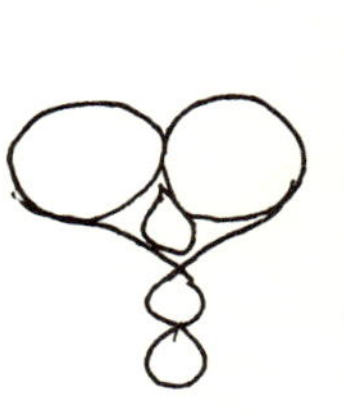

この前の手紙と一緒に写真を送ろうと思っていたのですが、しつこいと思われたくなかったのです。写真は、ぜんぜんわたしに似ていません。

まあ、学校でちゃんとやって欲しいですって。わたしには、とても、とても、ありがたいご意見です。どれぐらいの成績を取るべきだと、あなたは、思っているのかしら？　写真は、すごく変です。わたしは、写真みたいじゃないのですが、実際には、同じくらい、みっともないです。

できたら、写真を送り返してほしいのですが、無理ならいいです。

［一九七二年　四月一七日］

こんにちは、サラ、きれいなお嬢さん――サラが自分のことをみっともないと書いてきた時、わたしがどう思ったか、考えられますか。見た目が、本人自身にも、友だちや、まわりの人たちにもまるで魅力がないせいで、ちょっとつらい思いをしている、わたしが「灰色の女の子」と呼ぶような、小さな女の子なのだろうと思ったのです。ところがそこへ、大きな、強い何かを秘めた目、形のいい鼻、美しい口元、きれいな髪、まるで、まさにクラスで人気者になるような、特別かわいい女の子の写真が二枚届いたのです! サラをみっともないなんて言うのは、実際にはありえないでしょう! わたしは、あなたの写真(注意、手紙じゃないからね)を、ふたりの友だちに見せたのです。別々の機会だったのですが、ひとりの女の人に――あなたなら、たぶんおばさんと呼ぶでしょうが――その人もきれいなのですが、わたしは、「この女の子、どう? どんな感じがする?」と、聞いてみたのです。彼女は、すぐに答えました。「きれいね。とってもかわいい。けれど、彼女は、自分自身との折り合いをつけるのに、大変かもしれない!」

あなたが、『白い石』のことを書いてくれたのは、おもしろかったわ。手紙が届いた直後に、「ダーゲンス・ニイヘッテール新聞」に、いよいよ『白い石』の映画化が始まることが載っていました。それで、すぐにサラのことを考えました。フィッデリの役を、あれほど強く心からなりたいと望んでいるのだから、すでに映画化が進んでいるのは、つらいことだと、わかります。でも、サラも、フィッデリの役をする女の子をたぶん見たと思いますが、彼女は一〇歳です。フィッデリ役には、一〇歳以上はなれないのだから。サラの場合、実際三歳年上だから。わたしも、『白い石』読みましたよ。この本が**とっても好き**です。そしてこれを書いた、グンネル・リンデのこともすごく好きです。彼女は、とてもかわいくて、きれいで、文句のつけようのないほどすばらしい人です。

わたしは、いつかサラ・ユングクランツが、歓声が鳴りひびく中、映画デビューするのを、劇場の一番前の座席に座って、見たいと願っています。それが現実になるためには、——あら、あら、あら、サラが学校につくづく嫌気がさしているのは、なんて残念なことでしょう。わたしは、サラにとって、学校がそうなったことは、**わかる**ので、学校へ行かなくてもいいようになるとか、何か近道になるようなことがあればいいのにと望んでいるのですが、なかなかそうはいかないわね。成績の平均が四を取るまでにならなくても、なんとか持ちこたえて、卒業証書をもらえれば、どこかの演劇学校へでも進むことができますが、もらえない場合は、簡単にはいかないでしょう。

そこで、それだからこそ、歯をくいしばって、**やってみましょう！**　遅刻をしないで、決まった時間に行くようにしましょう！　また、もしも校長の考えが足りないとしても、気にしないようにして、ひたすら毎日こう考えるのです。「わたしは、女優になるの、だからそのために今はこんないやなことをやらなくちゃならないんだわ！」と。なんといっても、その困難で大変な時期はいずれ過ぎていくのですが、残念ながらその頃どう過ごしたかというのには、重要な意味があります。ええ、わたしがおばさん丸出しで、うるさいことを言っていると、自分でもわかっていますが、止められません——つまり、年寄りの経験から、おばさんのおしゃべりには真実があることを、知っているからです。わたしは、サラがかわいそうということ以外、考えられないほどです。大嫌いな学校で椅子に座って、ただ無駄に時間を過ごさなくてはならないなんて……。それでも、サラにそうして欲しいのです。そして、どんな状況になっているかを、あれこれ――時々わたしに教えてくれるかしら。サラが暗所恐怖症から少しずつ抜け出せるよう願っています。わたしは、自分が子どもだった頃、寝室の戸棚の後ろに悪魔がひそんでいて、飛び出してきて、わたしに爪を立てようとしていると信じていたのですが、しだいにその恐怖は消えていきました。わたしが小学校の頃のことですが、それ以後怖くなることは、まったくありません。ちょうど今ここストックホルムでは、子どもたちのために、怖いということをテーマにした『恐怖のオルム』という演劇が上演されています。すべての人間はたぶん何かが怖いでしょう。

いけない、今から夕食用のじゃがいもをむくことにしますので、今日はここまでにします。サラのご希望どおり、写真を一枚送り返しますが、よければ一枚は手元に置いておきます。この写真を見て、こう思うことにします。「これがわたしの友、サラ・ユングクランツ。サラは、女優になるのよ。二、三年は、待つことになるけれど!」

お元気でね!

あらあら、あのことを忘れていたわ。サラが手紙に、家出をしたくなるのは、ピッピのせいだと書いていたことです。びっくりしました。ピッピの思い付きを、だれかが本気で真似ることはないと、思いこんでいたからです。でも、家出したい気持は、サラ自身の中にあって、外からの刺激はそんなに必要ないでしょう。

もうひとつ。ええ、もちろん、わたしが生まれたネース農場は、スモーランドにあります。どの地方にも、ネースはあると思いますが、わたしのネースは、ヴィンメルビーのすぐそばにあります。さよなら、わたしの友——サラが望むなら、わたしはよろこんでこのまま連絡を取り合いたいです。

アストリッド

［一九七二年　四月あるいは五月］

あなたが書いてくださった親切なこと全部、本当に感激です。

アストリッド・Lさま

こんにちは、お手紙ありがとうございました、うわあ、それはない、ない。わたしのことをきれいだと思ってくださったなんて、理解できませんが、そりゃ、めちゃくちゃ、うれしいし、ゆかいで、楽しいことです。でも、写真には写ってないものがあるんです(ニキビとか、青白い顔色なんか)。それに、顔は、他に比べてなんとなくまだ少しましかもしれないのです。つまり、言ってみれば、わたしの身体つきは、〝四角い板〟のようなものなんですから。それに、世界中のどんなスラックスもあわない脚。いつかスラックスを買えることを夢見ています。長くて、ぴったりしていて、下の方で広がっているの。でも……自分の外見について文句を言うのをやめるって、約束します。そのまんまの自分で、ありがたいと思わなくちゃ、少なくともね。

(わたしの両親は教師をしています。[……]わたしは、ほらっ、ちょっと珍しい(変な)名前でしょう。小さな頃は、しゃべる時の発音が変でしたし、落ち着きがなく、傷つきやすく、くるくるとカールした髪をしていました。こんなことすべてに、それにたぶん他のことでも、わたしは、六、七歳から、苦しんできました。まったくうんざりすることだったのですが、自分自身に責任があると認めます。わたしは、思い切って、もう少し、前に進むことにしようと、思っています。友だちが、今晩遊ばないかと聞いても、わたしは、こう答えていました。「行かないわ、わたしって、かっこ悪いし、変だから、遊びに行っても楽しくないもん。」でもね、これからはたぶん外へ出るようにするつもりです。)

わたしがどんなにフィデリ Fideli の役を演じたがっていたかを想像できる人は、どこにもいません。(フィデリ Fideli を、フィッデリ Fiddeli と、d を二つ重ねていたのは、知っていましたが、わたしは最後の i に、アクセントを置いているのです。この役に応募する書類を送った時には、わたしは、この役はもう自分ができるとほとんど勝手に思いこんでいました。ピッピの役も同じだったのですが、ピッピになれなくても、たぶんそこまで悲しくありませんでした。ピッピの役を演じるのは、絶対に無理だったでしょう。)あらゆる役の中で、わたしは、フィデリを選ぶでしょうよ。

わたしは、ほとんどまったくと言っていいほど先生が怖くありません。数えきれないほど何回もいらいらさせたのですが、同時にどこかで気の毒にとも思っています。(毎週火曜日は居残りです。)

ええ、もちろん、あなたに心からよろこんで手紙を書きたいです。あなたが、もう読めない、文通したくない時には、知らせるとお約束してくだされば ですが。どうでしょう、もし、あなたから手紙をもらっていることを、母さんや他のみんなが知ったら。絶対に信じられないだろうなと、たった今思いました。でも、知っている人はいないと、思っています。

わたしは、だれかが、スコーネ地方のなまりで、〝サラ・インゲボリイ・ユングクランツ〟と大声で呼ばないかと、恐ろしく、びびっています。小さい頃に耳にしていたのです。そんなことになれば、恥ずかしくって、地面にもぐりこみたくなります。

(わたしは男の子たちとおしゃべりするのが、死ぬほど苦手です。)

『ピッピの家出』の映画を見たあとで、家出をする人なんて、わたし以外には、いないでしょう。最初これを見た時、自分ひとりでやってのけることや、何か事件が起こるなんて、すばらしいと思ったのです。二回目に見た時は、こう思いました。「そうなのか。こんなふうに家出をするのは、残念だけど、いつも楽しいとはかぎらないんだ。」というのは、その時は、「家出」をしていたのです。でもどちらにしても、わたしは、家出をしていたことでしょう。

まあ! よかった。ネースが、スモーランド地方にあって。いつかそばを通ったら、きっとさがしてみますね!(今は夜。宿題をしてから、寝ます。)

（続きです。）先週の金曜日、わたしは、友だちのところに泊まりました。（許可はもらっていなかったのですが。）次の朝、わたしたちは、学校に二時間ほど遅れていくことにしました。つまり、わたしたちは、ベッドで布団にもぐりこんだまんま、お化粧をしていたのです。電話が鳴ったのですが、出ませんでした。突然、玄関先の庭の方で、車が止まる音が聞こえました。わたしたちは、あわてて台所を通って、友だちの両親の寝室にかけこみました。ベッドの下にもぐりこみ、笑いをかみ殺していました。つまりわたしたちは、ほこりとごみの中でじっとしていたのです。だれかが部屋に入ってきたのがわかりました。友だちは、くすくす笑っています。そして、声がしました。「何してるんだ、一緒に学校へ行くんだ！」　教務主任です！　その時は、ああ神さま、どんなに、その場にいたくなかったことでしょう！　でも、わたしと友だちは、バカ笑いをはじめたのです！　そのまま、笑いながら、**わめきつづけ**、教務主任は、わたしたちに出てくるように、くどくどやかましく言い立てていました。わたしたちは、いま服を着ていないことと、服を取ってきてくれなくてもいいことを説明するのに手間取りました。そして、教務主任が、出ていったあと、わたしたちは台所を横切って部屋へ戻りました。（台所には、**母さん**が座っていたのです！　押し黙ったまんま。）わたしたちは、服を着るので時間をかせぎました。そして、靴がないので、窓から逃げ出すのはやめました。それから、出ていき、がなりたてたり、口答えをしたりしました。（このガキが！　と、あなたは、きっとお思いでしょう。）まるでふざけたバカ映画そのものですが、こんなことは、わたしだけに起こることです。だれにも言わないでね！

わたしは、養育家庭を持つことになるでしょう。もう自分の家に耐えられないからです。わたしは、わめくし、ののしるし、ここのところいつもけんか騒ぎです。お聞きしたいことは、わたしはどこに行けばいいのかということです。**注意！** わたしは、養育両親が欲しいのです。もしもだれかがわたしの面倒を見てくれて、わたしがそこを気に入ったらですが、そうでなければ、引っ越すか、家出です。

わたしは、スヴェネム家具店で、〝アルバイト〟をしています。毎週土曜日に、〝遊び場〟で、子どもたちの面倒を見ます。一時間五クローナです。今ではもう、すごく面白いってことはないです。もうすぐ堅信礼(1)を受けます。ゲッ。

わたしは、学校でいい子になりたいのですが、何もかもがすごくむずかしいです。それに学校をさぼるのは、とっても気持のいいものです。

わたしは、もうすぐひとりの人間も信頼しなくなるでしょう。

いったい、わたしは何をすればいいのでしょう。何もかも希望がありません。何か起こってくれたらいいのになあ。わたしは、いつも何かが起こって欲しいの。そうでなければ、いらいらしてくる。

わたしは、人が嫌いです。わたしを支配する人が嫌いです。くそっ、くそっ、気にしないことにします、たいていのことを。

サラ・ユングクランツ
ウルリスハムン

(1) 堅信礼――プロテスタント諸教会で、幼児洗礼を受けた者が、自己の信仰を表明し、陪餐(ばいさん)(パンとぶどう酒)にあずかる資格を得るための式。

[一九七二年　五月一八日]

サラ、わたしのサラ。お手紙や、堅信礼の記念品、それにいろいろな打ちあけ話を聞かせてくれて、ありがとう。サラでいることは、なかなか大変なようですね、そしてサラのご両親であることもきっと大変でしょう。サラは、田舎のおばあちゃんの所にいる時には、心が落ち着きますか？　心の中のいらいらするのがちょっと収まるまで、田舎で過ごすことはできないのかしら？　でも、たぶんそうはいかないのでしょう。あなたは、自分を支配する人がみんな嫌いと、書いていますが、そんなにたくさんいるの？　それにあなたにもそれをはね返す力があるのじゃない？――抵抗したり、反抗したりして。権力を持ち、なおかつその力を濫用しないということは、一番むずかしいことだと思います。ヒットラーをはじめとして、いろんなレベルの権力を持つ者に、あらゆるところで権力の濫用がありますす。サラもたぶんずいぶんひどい権力者から被害をこうむったのでしょう。サラがそんなに憎悪の念を持っているのですから。それにひとりも信頼できないなんて。そう、そう、そう、サラが、心から信頼できる、本当に、本当にいい友だちがひとりでもあればと願っています。

サラが書いた手紙の中に、わたしの気になるところがありました。先生についてのことです。あなたは、先生たちを数えきれないほどたくさんいらいらさせてきましたが、同時にある部分では気の毒に、とも思っています。

先日ある学校から女子生徒が何人か、わたしのところへインタビューにきて、学校での様子を話してくれました。彼女たちは、ある先生をからかい、いじめたので、その先生は校舎の五階の窓から飛び降りようとしたのですって。彼女たちは、ぎりぎり最後のところで、先生を引き留めたのですが、――先生へのいじめは止めませんでした。そんなこと考えられますか？　彼女たちは、お互いにどのようにけしかけたかを説明しようとしてくれましたが、恐ろしいというよりもっとひどいと思います。人間は、われわれはみんな、ちっぽけで、残酷な獣であり、自分たちの内部にどれだけたくさんの悪魔を持っているかを知らないのだ、といつも考えていることを再確認させられたからです。まさに、人をいじめることと、かわいそうに思うことを同時に出来るなんてことがそれです。これはある種の自己憎悪がそのように表現されるのではないかと思っています。止めにしましょうか、このことを話すのは、もう。

サラが、心おだやかな気持で、楽しい聖霊降臨祭(1)のお祝いをできるようにと、願っています。サラがどのように成長していくかとても知りたいです——もしもわたしに話したいと思われるようならですが。わたしは、サラを支配したくありません。だって、そんなことをすれば、サラはわたしを嫌いになってしまうでしょう。

アストリッド

(1) 聖霊降臨祭——イエス＝キリストの復活後五〇日に聖霊が降臨したことを記念する祝日。

［一九七二年　五月］

アストリッド・リンドグレーンさま

今、とてもいらいらしています。(お手紙ありがとうございました。) あなたと「やかまし村」のテレビ番組(1)を見逃したんです。でも、あらかじめ予想していたことです。あなたがこのシリーズに出演するだろうということ、そして、わたしが確実に見逃してしまうだろうということはわかっていました。ところが、「エンゴンティール(2)」は見ました。はっはっ、すごくおもしろかったです。

よくよく考えてみると、サラでいることは、ずいぶん大変なんです！　けれども、ありがたいことに、わたしはきっと普通の人間でいることに、耐えられないでしょう。今、わたしは、田舎のおばあちゃんの家にいます。養育家庭が見つかるまで、夏のあいだ、たぶん来年になるでしょうけれど。わたしは、五月一〇日頃に、ほとんど毎時間学校を抜け出すというだけで、学校を辞めさせられました。学校は、わたしにもう我慢できなかったのです。

わたしが、だいたい九八パーセント信頼しているのは、

わたしの友だち

わたしの母さん

わたしのおばあちゃん

セーデルリング先生[3](精神科医)は、九〇パーセント

そして、あなた。あなたは、わたしがだれかのことを書いても、手紙を人に見せないから。ずばり見せちゃいけないと決めているわけではないけれど、わたしの手紙に、だれかが興味を持つとは思えないし、あなたは読んだらさっさと捨てるでしょうしね。

先生をいじめるっていうことですが、それはスポーツ、ゲームのようなものです。説明するのはむずかしいですが。

(何週間か前に、養育家庭のことで、精神科医のところへ行きました。)わたしが変だと思ったことは、彼(セーデルリング先生)がこう聞いたのです——君は、スウェーデン・ラジオのだれかを知っているのかな? そして、スウェーデン・ラジオの人たちの名前をいっぱい並べたのですが、その中に

はアストリッド・リンドグレーンもあったのです(!)(?)　そして、わたしがそのうちのだれかに、手紙を書いたかと聞きました。

「なんにも答えたくないわ。」と返事をしました。

それに、セーデルリング先生とグンネル・リンデは、一緒に仕事をしているんですって(!)(?)

昨日、わたしは、『小さいきょうだい』[4]のタイトルになっている最初のお話を読みました。もしも近くに人がいなければ、何年か前に読んだ時のように、泣いていたことでしょう。目に涙はあふれてきましたが。まあなんて、すばらしく悲しくて、美しいんでしょう。でも、たぶん、このお話では、泣かすつもりじゃなかったのでしょう?

それにしても、どうしてこんなに上手に、あなたは、書けるのかしら?

お元気でね。

たぶんどこか精神を病んでいるサランより

(1)「やかまし村」のテレビ番組——「やかまし村のリーサは、本当のところだれなの?」一九七二年五月二六日放映。
(2)「エンゴンティール」——「もう一回」という意味のテレビ番組。一九七二年四月四日、五月二三日など に、八回シリーズで放映。
(3) セーデルリング——ベルティル・セーデルリング、一九〇五—一九八九、精神科医。ラジオドクター。
(4)『小さいきょうだい』——一九五九年刊。日本語版は一九六九年、岩波書店。

［一九七二年　六月九日］

サラ、わたしのすてきな女の子、サラのことが本当に好きになってきました。サラの手紙には、今はさなぎでじっとしているあなたが、徐々に殻を破って、蝶々になろうとしているのだと思わせる何かがあります。もし、あなたに、同年代の女の子よりも感じやすかったり、考えすぎたりすることからくる過敏な反応がなければ、この世の中でうまくやっていけるでしょう。

セーデルリング氏が、あなたにスウェーデン・ラジオにだれか知っている人がいないかと尋ねて、わたしの名前を挙げられたのは、なかなか興味深いですね。というのも、まず、わたしは、スウェーデン・ラジオに雇われていませんし、つぎに、わたしたちの手紙のやり取りについて、なんらかの理由で、わたしが彼に話したのではないかと、あなたが解釈してもしかたがないですね。でも、わたしは本当に話していませんよ。わたしは、ベルティル・セーデルリング氏を少しだけ知っています。二、三回、孫のことで相談したことがありますが、もう何年も前のことです。彼が、グンネル・リンデと一緒に仕事をしていることは、ある意味でよくわかります。彼女は、児童虐待を防止する協会を立ち上げたので、たぶんそのことでセーデルリング氏と接触があるのでしょう。サラがセーデルリング氏を九〇パーセント以上信頼できるだろうと、わたしも思いますよ。あなたが、おばあちゃんの所にいて、彼女を九八パーセント信頼できるのは、とてもすばらしいです。おばあちゃんにとっては、いい評価です。たった今電話があって、別のおばあちゃんと話したのですが、彼女もスモーランドに住んでいて、娘さんの娘さんが、サラの言う、「たぶんどこか精神を病んでいる」らしいのです。この女の子は、サラよりも年下で一〇歳ですが、たぶん秋には精神科の施設に入らなくてはならないので、おばあちゃんとしては、心配でたまらないのです。女の子はグニラというのですが、夜、グニラが完全に眠ってしまうまで、だれか、とくにおばあちゃんが、そばにいると約束しなくては、眠ることが出来ないのです。そんなこと施設にお願いすることは出来ないでしょう。サラのクリニックでは、どうでしたか？　何か助けが得られると思いますか？　どうしたらいいのか、そしてもし何か役立つことを教えてもらえたら、ありがたいです。

サラが、『小さいきょうだい』で、ちょっぴり泣いてくれたのは、何よりです。私自身も、書いている時泣きました。

ああ、今はなんてきれいな季節なのでしょう！　サラが、この季節を楽しんで、自然の美しさに癒されますように。

六月一五日から、三人の孫たちと、チュニジアへ、一週間だけですが、旅行します。三人の子どもの世話がちゃんとできるようにと願っています。でもまあ、なんとかなるでしょうよ。そんなに小さな子どもではなく、女の子二人は一〇歳で、男の子は一二歳ですから。

わたしの愛しい、たぶん(確かではないけれど)、どこか精神を病んでいるというサラ、お元気でね。

お日さまの光が、サラとわたしに降り注いでくれますように。

アストリッド・リンドグレーン

わたしがサラの手紙を人に見せないというのは一〇〇パーセント信用できますよ。わたしのも見せないでね！

［一九七二年　六月］

アストリッド・リンドグレーンさまへ、サラより。お手紙、ありがとうございました。（どうして、そんなに上手に書けるの？）お気の毒なアストリッド、この手紙はたぶん長くなりそうです、それなのにチュニジア（まあ、なんて楽しそうな感じ！）から帰国したら、読んでいただくことになるんですから。わたしは、たぶんおばあちゃんとおじいちゃんのところで、夏のあいだ過ごすことになるでしょうし、たぶん、たぶんですが、一年中いることになるかもしれませんので、住所がいるかもしれないと思って、お知らせしておきます：

（でも、たぶん、ヴェーネーシュボリイにある夏の家（別荘）にいくと思います。）

ホーラリッケ

エーネリイダ　です。

不思議なことですが、だいたい「ピッピ」役を募集していた頃から、どんな形にしても、わたしは、あなたと連絡が取れるのではと予感していたのです。時々、わたしは占い師になるべきかしらと思ってしまうのですが、ほとんど前もってわかっていました。（お互いに知り合うってことが。わたしは、たぶん、ずっとあなたがちょっぴり好きだったのです。とうとう言っちゃった、笑わないでください！）

ええ、わたしが入ったのは青少年精神クリニックでしたが、グニラは一〇歳なら、たぶん、児童精神クリニックに入ると思います。そこは、だいたいこんな様子でした。自分の部屋が与えられ、「ぴったりくる」担当者が付きます。みんなとても親切でした。あとは、ほぼ一日に一回は、精神科医の所へ通い、何人かは薬をもらっていました。時々、訪問者がありましたし、施設から逃亡する人もあったし、麻薬でラリって帰ってくる人もいたし、時々外出許可がおりたりもします。

職員たちは、夕方帰る時間にはうるさいのですが、ありがたいことに、ののしり言葉なんかには文句を言いませんでした。グニラが落ち着いて眠れないのなら、夜の宿直の人（たいていいい人たちです）は、きっといつもドアを開けたままにしてくれるし、ひょっとするとグニラの部屋にいてくれるかもしれませんが、わかりません。

わたしには、（少し）役に立ったと、たぶん言えるでしょう。最後には、あきらめるものです。「いいわ、これからは、「ちゃんとします。」というのも、ある場合には、きっと効き目があるでしょう。グニラは、きっと助けてもらえると思います。言うのを忘れていたけれど、セラピー(治療)もあって、すごく楽しいと思いました。そして、なんでもしたいことが出来ます：裁縫、家具作りなどの木工作業、織物、ろくろを回しての陶芸など、など。

ああ、はい、今はホーラリッケにいて、わたしがどんなにすばらしいと思っているかは書き表わせません。(泣きそうになると、いつも森へ走っていきます。ひどいけど、それでもなかなか快適に過ごせているのではないかしら。)

あなたの手紙は、マットレスの下に隠しています！
お日さまの光にあたって、こんがり焼けますように！

地球は、この先どれだけ消滅せずに耐えられるのか、考えこんでしまいます。環境保護会議[1]が、役に立ってくれることを願っています。わたしは、この夏が最後の夏になるのではと、いつも、そんな気がしています。次の夏になるときっとすっかり変わっているんでしょうが、もっときれいで、すばらしくなってて欲しいと望んでいます。いえいえ、わたしがおかしくなったとは、思いませんが、不安でしかたがないのです。どう、思われますか？

はっはっ！　言うのを忘れていましたが、成績が届きました！　興味がおありならですが、わたしが予想していたほど悪くはありませんでした。二科目が一で、三科目が二で、残りの一〇科目が三でした。でも、わたしは、三の成績には値しません。

もし、女優になるのなら、ピアノが弾けたり、ジャズダンスが踊れたりした方がいいと思いますか？

おまけに、おばあちゃんのように、言ってみます。

「わたしゃ、この秋には、アストリッド・リンドグレーンがとってもすばらしい子どもの本を出すと思うんだけれど、どんなもんだい？」

わたしも自分で本を書いてみたいと思っているけれど、それって、実際、どんなに素敵なことでしょう。

わたしは、小さな子どもが欲しくなっています。自分の子どもを持つなんて、ああ、なんて幸せなんでしょう！　でも、絶対に自分では産みたくないです。結構だわ。わたしは、養子をもらうの。そうすれば、人口過剰になるのを防げるし、すでに生まれている子どもを助けられるもの。

さっき見た写真のことを話さなくてはいられません。東西ベルリンの壁(2)が、思いがけなく一時的に開けられた時、それまで会えなかった母親と再会した四〇代の女の人の写真でしたが、悲しすぎて、気分が悪くなりました。こんなことは正常な状態ではないです。

だめだわ、こんなまとまりのない、精神が病んでいる、子どもっぽい手紙で、本当に恥ずかしいです。

じゃ、またね。


サラから。

(1) 環境保護会議――一九七二年六月五日から一六日にストックホルムで開催された、国連人間環境会議のこと。環境問題に関する最初の本格的な国際会議。
(2) 東西ベルリンの壁――ベルリンの壁の崩壊は、一九八九年一一月一〇日。

一九七二年　七月二七日

サラ、わたしのサラ、かなり前に、あなたから長い、楽しいお手紙をいただきました。今は、サラがまだエーネリイダにいることを、いろんな理由から願っています。何よりそこは、サラが気に入っている所だからです。精神療養施設について詳しく書いてくれて、ありがとう。グニラは、この夏はおばあちゃんの所にいるので、調子がよくなってきたのですが、家に帰って、学校が始まってもうまくやっていけるかが、大きな問題だそうです。少なくとも、そのような施設なら大丈夫でしょうが、とくにいいのは、たぶんベルティル・セーデルリング氏がいることでしょう。あのあと考えたのは、セーデルリング氏が、どうしてサラにわたしを知っているかと尋ねたのかということ。あなたの家族のだれかが、サラがわたしから手紙を受け取っているのを見て、ひょっとしてセーデルリング氏に話したのかもしれませんね。何も深い意味はなくて、ちょっと思っただけです。

いいえ、アストリッド・リンドグレーンは、この秋に新しい子どもの本を出しません。でも、いずれにしても、今は書いている途中です[1]。そしてサラも書くだろうと思っています。手紙に、書こうと考えていると、書いてくれました。たとえ自分で作った人物のお話でなくても、サラ・ユングクランツのことを書くべきですね。彼女が感じること、考えること、想像することなどをすべて書くのです。あなたは、その年齢にしては特別よく考え、悩んでいると思います。そして確かにあなたも、気の毒なことに、他人の不幸や、世の中の苦悩や困難を、自分のことのように受け止める人種に属していま す。わたしは時々完全に落ち込み、憂鬱になってしまいます。ある時には、たいていは高齢者ですが、実はあらゆる年代にわたって、どれほど多くの人たちが、孤独で、苦しくて、みじめかという恐ろしい現実に直面します。だれも助けることが出来ず、ひどく無力に感じ、どんなに絶望的かと、みじめにも思い知らされるのです。

そうなの、サラは、ちっちゃな占い師さんですか。はい、実は、わたしも、先に何が起こるのかを、直感できると信じています。これまで、不思議なことをいっぱい経験してきたように思います。

サラが感じているように、今年の夏が地球最後の夏とならないように、神さまにお祈りしなくてはなりませんね。最後の夏ってことなら、この夏はすばらしい、感謝のお別れ興行の舞台だと言わなくてはなりません。夏の花が、これほどきれいに咲いているのを見たことがありません！　南の国のように、のびのび歩き回れる気候だし、少なくともチュニジアにいた時のような暖かさです。チュニジアでは、孫たちが、楽しそうだったから、確かに、わたしもうれしかったわ。でもそうでもないかぎり、わたしは、やはり、ここスウェーデンがいいし、スウェーデンの自然が好きですよ。

あらまあ、今日は、風が強くて、木に吹きつけています――娘の夫がヨットで海に出ているの！今朝、五時ごろ、バルコニーに出てみたら、[2] だれも乗っていない大きなヨットが錨ごと漂っていたのですが、錨がきれて、静かに南に進んでいきました。でも、そのあと水先案内船が助けたでしょうよ。

この前、わたしの一番小さい孫で、ウッレという三歳になる男の子が、救命胴着もつけないで、桟橋から海に転落したのです。ふたつの小さな握りこぶしだけが海面から出ていました。うまい具合に、すぐそばでウッレの兄が、ゴムのいかだに乗っていたので、飛びこんで、ウッレを引き上げました。このことがあってから、ウッレは、救命胴着を自分からよろこんで着るようになりました。

サラが、子どもを持つ年齢になれば、人口増加に貢献することにはなりますが、自分で産みたくなるだろうと、なんとなく思います。どうなるかは、先のお楽しみです。

女優になりたいなら、ピアノが弾けたり、ジャズダンスが踊れたりするのは、すてきだと思いますし、他のことでもいいでしょう。わたしは生涯ピアノが弾けたらと憧れてきました。踊ることは、十分踊りましたが。蓄音器をかけて、まったくひとりでね。
時間があれば、ちょこっと書いてくださいね、そうすれば、サラの夏の様子がわかるから。

あなたのずっと古くからの友
アストリッド・リンドグレーン

(1) 今は書いている途中です——一九七三年秋に、『はるかな国の兄弟』を出版。日本語版は一九七六年、岩波書店。
(2) バルコニーに出てみたら——バルト海に面して建つ別荘のバルコニー。ストックホルム北東の多島海の島のひとつフルスンドにある。

[一九七二年　七月あるいは八月]

こんにちは、アストリッド・リンドグレーンさま。お手紙、すごく、すごく、本当にありがとうございました。

はい、ありがたいことに、わたしは、ホーラリッケに暮らしていて、八年生(中学二年生)のあいだずっとここから通うつもりです。時間があれば、本を書くことにします。たぶん、自分のことを女の子のように感じている男の子のことについてです。つまり、まるで女の子のように、彼あるいは彼女のことを書くつもりです。彼女は、お母さん(売春婦)と、小さなアパートに暮らしているのですが、その後ふたりは、新しい場所にある、古い、きれいな家に移ります。だれも彼女のことを知らないし、実は少年だということも知らない。彼は、新しい街で、普通の女の子として生きたいと願っています。

残念ながら、わたしはこういうことをよく知らないのですが、なんとかなるでしょう。いらいらする理由は、どんなふうに書いたらいいのかがわからないことです。考えたことを直接そのまま書きつけるのか、どこか変更したいときは、どうすればいいのか、などです。わたしにとっては、たとえば、タイプライターで書くなんて、永遠に無理って感じです。もし、だいたいでいいので、どんなふうになさっているのかをちょっと教えていただければ、どんなにうれしいでしょう。(もちろん主人公は少しわたしに似てしまいますが、自然にそうなるでしょう。)

でも、この夏はそんなに書けないでしょう。たくさんの手紙を書いたり、日光浴をしたり、海で泳いだり、たくさんのいとこたちとしゃべったり、猫の世話をしたり、縫い物をしたり、それにホーラリッケの夏がどんなに美しいかも考えなくちゃ。

インタビューみたいになって、申し訳ないのですが、どうしてもお聞きしたいことがあります：あなたみたいに有名になるって、どんな気持ですか????

わたしは、時々考えるのです。アストリッド・リンドグレーンでいることって、実際どんな感じなんでしょう。あなたは、新聞にしょっちゅう意見を書いているわけじゃないって気づいたし、残念なことに、長いことあなたのテレビ番組を見逃しているので、有名でいることがどんな感じなのか、わからないのです。でも、楽しいのですか?(バカな質問ですから、答える必要はありません。)とにかくずっと手紙ばかり書いているのではないかと想像しています。

子どもを産むことが、すっごく幸せなことかどうかは、わかりません。恐ろしく痛いそうなので、どうしても産んでみようとは思えません。代わりに、すでに生まれていて、困っている子どもを世話すればきっとすてきでしょう。たぶん子どもを産むのは、すばらしいことなのかもしれませんが、どうしてそんなことが、わかるでしょう。わたしは、ちょっとバカだし、その上まだそんな年でもないし。ひとつわかっていることは、とにかくわたしは絶対に中絶をしないってことです。死んだ子どもを産むのは、あまりにもやりきれないでしょう。だめだわ、また、もうすぐ暗所恐怖症になりそうなので、このへんで止めます。もし書いてくださるのなら、わたしはとてもうれしいです。

さよなら、フィデリになれなかった女の子より。

つまり、サラからですが、もし覚えていてくださるのなら。一度だけでもタイプライターでお手紙が打てたら、あなたはきっとうれしいでしょうね。

サラ

追伸：最後に彼は女の子になる手術を受けました（私の本の中でのことです）。
さよなら。
だから、だからね。

サラ・ユングクランツ
ホーラリッケ

不思議なんですが、わたしが、女優になるには、ピアノを弾けるといいかと聞いた時：アストリッド・リンドグレーンは、たぶんピアノを弾けないけれど、きっと弾けたらいいなあと思っているだろうと、予想したんです。

一九七二年　八月九日　フルスンド

サラ、わたしのサラ、だから、だから、だからね——一年を通して、サラがホーラリッケにいられると聞いて、どんなにわたしがよろこんだか、わかってくださいね。あなたにとっては、一番いいことだと思います。新しい学校が気に入りますように、そしたら授業を抜け出さなくなるだろうしね。だってそうでないと、サラだけでなく、おばあちゃんにとってもたいそう面倒なことになりますから。わたし自身、息子と娘の両方の子どもたちのおばあちゃんなので、孫のことでどんなに心配したり、不安になったりするものかがよくわかるのです。年をとるにつれて、心配もますますひどくなります。孫がかわいければかわいいほど、悪くなるのではないかと、心配になるものです。でも、今ではサラのことも心配し始めていて、とにかくうまくいって欲しいと祈っています。

サラは、素敵な夏のプログラムを考えているようですね。日光浴、水浴び、いとこたちとのおしゃべり、猫の世話、縫い物、それにホーラリッケの夏がどんなにすばらしいかを考えるなんて――ええ、確かに、夏は、ホーラリッケだけでなく、スウェーデンじゅうがまるで天国のようです。毎朝、歓喜と共に目を覚まし、ベッドから一〇メートルぐらいのバルト海に飛び込み、そのあたりを歩き回り、みじめな庭のぼろ小屋を見て、裸足で草を踏み、バルコニーで朝の紅茶をいただくなんてのも、素敵な夏のプログラムじゃないかしら?

有名でいることが、**どんな感じなのか**、知りたいですって? そうねえ、心の底ではほとんど気にしていません――もしほんの少しでも考えているとすれば、だれか他の人のことのようです。最近、ふってわいたような、その名声というのは、わたしの知るかぎりではもっともいやなものですが、それに反して、自分の書いた本が、ほんの二、三人の人生を少しでも楽しくしたということを知ると、ちょっとうれしくなりますし、そのことはよろこんでいます。でも、わたしは自分の満足のためだけに書いていますし、書いている時には、読む人のことは考えていません。

そして、サラは自分が書く時は、どんなふうにして書くのかが知りたいのですね。そうそう、わたしは速記が完璧に出来るので、すごくはかどります。つまり、手に速記用紙をもって、バルコニーに座ったり、あるいはベッドで横になったりするのです。そして頭で考えるのと同じ速さで書くことが出来ます。でも、わたしは何度も、何度も、繰り返し書き直し、用紙を引きちぎり、放り投げ、どの言葉もわたしが思っているとおり、正確にぴったりくるまで新しく書き直します。(実は、手紙を書く時は、ただ、だらだらと書いてしまいます――こんなふうにね!)

自分が書いた文章を絶対に直さない、インスピレーションがわいてきて、一気に書いて、それで出来上がりだ、と言う作家はたくさんいます。わたしは、そんなやり方ではいい作品になるとは思いません。ひとつの作品が実際に出来上がるまでには、たくさんの作業が必要だと思います。わたしが言うことが、わかるかしら? 自分が実際に知っていて、よく理解していることを書かなくてはならないと考えています。だから、サラが、手術をして女の子になる男の子のことを書くというのは、いいアイデアかどうか、ちょっとどうかなと思ってしまうのです――そのテーマなら、状況を実際に理解している人によって書かれた方がいいと思います。わたしがサラなら、その代わりに、サラでいることがどんなものか、今どうか、今までどうだったか、そしてこれからどんなふうになっていこうと考えているのかなどについて、本を書くでしょう。だれでも、少なくとも自分自身についての本なら一冊は書けるとよく言われます。サラは、女の子になる男の子についてよりも、サラについての本の方がより興味深く、より上手に書けるだろうと思います。

近頃は、恐ろしいほどの痛みもなく、実際に子どもを産むことが出来るそうですが、そういった分娩は痛くはないけれど、特別な幸せは感じられないかもしれません。痛みをこわがり、そのために養子をもらう必要はないということです。サラは、幸せなことに、まだ、産むかどうかをはっきりと決める必要はありません。時と共に変わるでしょう。中絶についての問題ですが、わたしもサラと同じように思います。中絶をしなくてはならなかったら、つらくて悲しいことになると思います。中絶のあと、女の人たちは、気が滅入ることが多いそうで、身体にも良くないでしょう。

じゃ、バイバイ、ホーラリッケのサラ——学校が始まったら、学校が気に入ったかどうか、また知らせてもらえれば、うれしいです。忘れないでね、わたしが、とても知りたく思っていることを。何事もうまくいきますように。夏も、本も、学校も、そしてサラの生活全部が。

アストリッド

［一九七二年　八月二八日］

アストリッド・リンドグレーンさまへ。

お手紙、すごく、すごく、たいへんありがとうございました。とってもうれしかったです。

わたしは、長いあいだもやもやとしたものを、ずっと心にかかえて生きています。前にもらった、あなたからの手紙を全部読み返してみました。（手紙を残しているのです。）長くて、めちゃめちゃすばらしい八通の手紙です。どういうわけで、立派な手紙をぜんぜん書けない、わたしのような、つまらない人間に、こんなに賢くて、有名な大人が、無駄に時間とお金を使っているのかと、どうしても考えてしまいます。ずっと前のことですが、テレビで、あなたに手紙を書く子どもがたくさんいて、あなたは、「小さな子が一生懸命書いてくれるのだから、こちらもお返事を書きたくなるでしょう。」と言っていました。でもわたしは、こんなに長いあいだ、返事をくれているあなたに、悪いと思い始めています。あなたが考える以上によろこんでいますが、あなたの立場からすると、格別の収穫があるとは思えないからです。

そこで、もしもあなたがのぞんでいないのなら、わたしに書かないでほしいのです。わたしは、アストリッド・リンドグレーンから手紙が届くと、飛びあがるほどうれしくなります。でも、もしあなたが無理して書いてくださっているとすれば、それは、つらいことでしょう。ごめんなさい、それに今回は、すぐにお返事が書けませんでした。

今度の新しい学校は、今日で一週間になるのですが、とても楽しいです。いい友だちがいるという意味です。わたしが、ホーラリッケに住むのを、あなたがよろこんでくださるなんて！

わあ、楽しそう、バルト海のそばに住むなんて。それで、あなたは、一人で、大きな白い家に住んでいるのですか(ひょっとしたら、赤、それとも黄色)？　わたしは、占いの力を試しているだけです。

わたしと、五歳のいとこのアンナ・ベネディクトが、『**親指こぞうニルス・カールソン**』[1]と『**ちい**

さいロッタちゃん』[2]で、どんなに楽しんでいるかを知ったら、あなたは、きっと大よろこびしてくれるでしょう。アンナは、おもしろい女の子です。アンナは、自分には妹とか弟はできないと言います。「お母さんは、もうあんなことをしたくないからなの。それに子どもを作らないために、ピルだって飲めるんだよ。」

ある時、アンナに読んであげようとした時、アンナが作家の写真を見て、言ったの。

「これアストリッド・リンドグレーン！」

もし、いい本になるのなら、他の人のためにではなく、自分自身のために書きます。だから、「女の子になる男の子」ではなく、何か他のことにします。時間があるようにと、願うばかりです。

あなたの本以外に、いい本を見つけました。（もちろん、アストリッド・リンドグレーンが一番だけれど。）『パリのクローディーヌ』と『学校のクローディーヌ』、コレット[3]の作品だけれど、すごくいいです。

学校のことをもう少しくわしく書いてみます。最初の日は、ちょっぴり神経質になっていましたが、実際には、思っていたほどではありませんでした。わたし、ビヨルン（いとこ）、インゲエード、そしてもう一人の四人が同じバス停で待っていました。バスが来て、わたしは震える足でステップをのぼり、一番前に座りました。とつぜん小さな子どもがいっぱい乗り込んできて、わたしのまわりに座りました。この時のわたしを、あなたやウルリスハムンの友だちが見たら、どう思うかとちょっと考えました。ウルリスハムンから越してきたことを後悔しだしたほどでした。

でも、なんとか切り抜けました。そして、みんなと友だちになり、何もかもが穏やかで、よろこびに満ちています。何人かの頭の切れる男の子が、わたしのことを、「サハラ」と呼んだら面白いと考えたようですが、わたしは、うまくやり過ごせたし、今では、なかなか面白いと思っています。心から、このままの状態が続きますようにと、願っています。

ある男の子が、わたしたち女の子に、煙草をすすめてきました。彼は、きっと、わたしが煙草を「吸える」とは思っていなかったのでしょう。「ここは、吸ってやらなくちゃ。」と考えたわたしは、二、三回、煙を深く吸い込みました。バカげて聞こえるだろうし、信じられないでしょうが、結果的に、彼はわたしのことを、実際に「尊敬」し、彼のわたしに対する評価は、何メートルも上がりました。はい、事実このとおりだったのですが、ニコチンの持つ力は、大きく、すごいです。

何人かのチビが、「ひでえ、バーカ」と、いつも言いながら、自分たちの遊んでいるそばを通る人たちに、だれかれなしに小石を投げるのです。でも、わたしには、独自の戦術があります。チビたちの前までダッシュして、チビたちのお尻を殴ってから、ぎゅっと抱きしめるのです。残念ながら、チビの一人は怖がって、逃げて行ってしまいましたが。わたしは、こんなふうにバカだけれど、バカでない人って、いるのかな?
じゃ、さようなら。わたしが、あなたと手紙のやり取りをしているのって、よくわからないです。
それなのにまったく自然な感じです、そうじゃないでしょうか?

サラ・ユングクランツ
ホーラリッケ

追伸:ちょうど今、『おもしろ荘の子どもたち[4]』を読んでいます。
追伸:『ちいさいロッタちゃん』もんくや通りのロッタちゃんが、はな水をたらして、糸屋さんに
ひょいと入ってくるのが、とってもかわいいです!

サラ

(1)『親指こぞうニルス・カールソン』——一九四九年刊。日本語版は一九七四年、岩波書店。
(2)『ちいさいロッタちゃん』——一九五八年刊。日本語版は一九八〇年、偕成社。
(3)コレット——シドニー=ガブリエル・コレット、一八七三—一九五四、フランスの作家。
(4)『おもしろ荘の子どもたち』——一九六〇年刊、日本語版は一九八七年、岩波書店。

一九七二年　九月一五日

サラ、ホーラリッケに住む、わたしのちっちゃな友だち。サラが書いたのと同じように、「ごめんなさい、それに今回は、すぐにお返事が書けませんでした。」と、書かなくてはなりません。いえいえ、書かないでおきましょう。だって、わたしとサラは、理由を説明する必要もなく、頻繁に書いてもいいし、思い出したように、たまに書いてもいいと、お互いに考えているようですから。

サラは、わたしが、こんなふうに、たくさんの子どもや若い人に手紙を書いていて、サラにも、無理をして書いているのだと考えているのでしょうが、そうではありません。このような手紙のやり取りをしているのは、サラだけで、他のみんなには、一回だけ返事を書いて、それっきりです。じゃ、どうしてわたしがサラに書くのか、ですって？　きっと、わたしが好きだと思う何かが、あなたにあるからです。あなたには、心の中に物事を感じ取る力、感受性があります。時には、なくなってしまったのではないかと思う感受性ですが、サラには、残っています。サラは、無理には書かないでと、いつも言ってくれますが、そういった心遣いが物語っています。あなたの年齢でそんなことを思いつく人はそんなに多くないでしょう。あなたは、他の人がどう感じるかをいつも自分のこととして考えようとしています。そして、わたしは単にあなたの手紙が好きなだけです。とくに、わたしはサラが少しずつ羽ばたいていくのを見るのがうれしいのです。机上の研究目的なんかでなくて、サラがすてきでいい人生を歩んで欲しいと、ひたすら願ってのことです。わたしは、あなたの可能性を無駄にしないで欲しいのです——どうなるか楽しみです。サラが、新しい学校がすごく楽しいって書いてくれたので、本当に安心しました。ああ、どんなに、この状態が続いて欲しいと願っていることでしょう。

サラの手紙の中で、ひとつだけ、話しておきたいことがあります。男の子が、煙草を勧めてきて、サラが二、三回煙を深く吸いこんだことから、尊敬されることになったというところです。さて、サラ・ユングクランツさん、わたしはある提案をしますが、受け入れることも、拒否することも好きにできます——サラは、人に支配されるのが嫌なことは知っていますから、わたしは何も押し付けませんん。次のような提案をしたいだけです。もしサラが二〇歳のお誕生日を迎えるその日に、喫煙者でなく、それまで、煙草をまったく吸わなかったら、お誕生日プレゼントとして(その時に、もしわたしが生きていればですが)、一〇〇〇クローナか、あるいは現在それに相当する金額のものを贈ります。わたしいいですか、この地球上で、わたしが、サラになって欲しくないものと言えば、喫煙者です。わたしは、煙草が止められなくて、血の涙を流し、煙草を吸い始めたその時を呪っているたくさんの人たちと、出会ってきました。わたしは、サラがいわゆる喫煙者だとは思っていません——二、三回吸いこんだというだけで——でも、ほんのちょっとだけでも続ければ、喫煙者になってしまい、止められなくなるのです。今、サラは最高にきれいで、かげりのない肺を持っています。このまま、まったくきれいな身体でいて欲しいと願っています。身体というのは、一生つきあっていくものですし、新しいのを手に入れるわけにもいかないし、サラも、これからかなり長く生きていくのでしょうから。ただ、どのように生きるにしても、一度もらったこの身体をどのように扱うかによって、大いに違ってきます。

わたしの娘カーリンは、今は四人の子どもの母親ですが、一六歳の時に煙草を吸い始めました。でも、ありがたいことに、彼女の身体は、一時的な錯乱や失神などの症状を起こしたので、自分自身で煙草を止めなくてはと感じたのです。そして何年かして止めました。その後、カーリンの女友だちが、男の子と別れたため、うちで煙草を吸いながら、悲嘆にくれていました。するとその時カーリンも、友だちの煙草を一服吸いました――それで、もうおしまい。再びひどい吸い方をするようになりました。一度ニコチン依存が目覚めると、血液や神経にニコチン渇望が深く残っているものなのです。でもこの時も、以前と同じように、カーリンはニコチンが原因で病気になり、うまい具合に止められました。彼女は、その日のことをまるで今日のことのように覚えていて――禁煙から一七年も経過しているのに――一服たりとも煙草を吸おうとはしません。

わたしが、こんなふうにくどくどお説教をすると、なんておばさんだと、サラは思うことでしょう。でもいいこと、わたしは、この問題に関わったことがあるので、現実をよく知っているのです。一〇代の若い女の子が煙草を口にくわえているのを見ると、絶望的な気持になり、思わずその子たちの前まで行って、言いたくなります。あなたたちが自分の二〇年先を見ることが出来たら、身体がどんな状態になっているかがわかるから、絶対に煙草に手を出さないでしょうに、と。

わたし自身、若い時、煙草を吸いました。でも、大人であること、世間並みであることの証しだと思っていただけで、まったく煙を吸いこんでいませんでした。吸いこむか、吸いこまないかは、大きな違いがあります。それに、当時は煙草の害の知識がなかったのです。ただ、わたしの場合は、ニコチン依存はなく、煙草を吸うことがいったいなんの役に立つのか、こんなに貧しくて、食べものを買うお金にも困っているのにと、突然悟った時には、止めるのは簡単でした。それ以来、煙草はやっていません。わたしの年齢で、煙草を吸っている友人はたくさんいます。その友人たちは、咳をしたり、血管がけいれんしたり、胃潰瘍になったり、他にもいろいろな症状があります。とても親しい友人がチェーンスモーカーだったのですが、すさまじい苦しみのなか、肺がんで亡くなりました。いいこと、サラ、これは、恐怖を植えつける脅しなんかではなく、まったくの真実なのです。

以前、あるジャーナリストが話してくれたのですが、彼は、市内から少し離れたところにあるカロリンスカ病院で行われる、肺がんの手術の取材をすることになっていました。様子を知るために、前日には現地に行き、カフェテリアで若い男の人と、立ち話をしたりしました。その男の人は、自分は、明日手術を受けるのだけれど、結婚していて、三人の小さな子どもがいるので、手術が終わって、家族の待つノルランドへ帰れるのがどんなに楽しみかと、話していました。

翌日、ジャーナリストは、取材をしようと手術室に来て、気づきました。手術台にいるのは、昨日のノルランドの男の人で、開けられた胸の二つの肺はコールタールのように黒くなっているのが見て取れました。執刀の医者は、少しタールをかき取る他には手のほどこしようがなく、再び傷口を縫い合わせました。そして、一週間後に、その若い男の人は、亡くなりました。それ以来、そのジャーナリストは、煙草を吸っていません。手術をした医者も吸っていないし、いずれにしても医者はみんな煙草を止めるだろうと、言っていました。

多くの人は、ほんの少ししか吸っていないのだから、危険ではないと、言います。ええ、ちょっとだけなら危険ではないかもしれませんが、そういった喫煙者が何か葛藤を抱えると、たとえばボーイフレンドと別れたとか、何か他の、人間に起こりそうないやなことがあると、たちまち煙草の量が増えて、あっという間に、チェーンスモーカーにならないとは、だれにもわからないのです。たっぷりのお説教になりました。でも、わたしがどんなに心から、サラに煙草を吸って欲しくないと願っているのかは、おわかりでしょう。もし、サラがその煙草を勧めた男の子に、「いらない、煙草は止めたわ——だって、わたしはバカじゃないから!」って言ったら、同じように尊敬してもらえないのでしょうか。この喫煙についてのことと、一〇〇〇クローナ紙幣を保留しておくかどうかについて、どう思うか、お返事をくださいね。

サラが、コレットの作品と出会ったのはうれしいです。フランスの、もっともすばらしい作家のひとりだと思います。

アンナ・ベネディクトによろしく。そして書きたくなったら、書いてください。わたしたちは、書きたい時にだけ書くようにしているし、サラも、強制とは感じていないでしょう。それに二通の手紙を続けて書きたいと思えば、それを阻止するものは何もありませんから。

わたしのフルスンドの家は、赤です。そう、サラは、自分の占いの能力を試してみたかったのね。

サラも、わたしと同じぐらいいかれていると、気付いたわ。もし、わたしが、占ったのをみんな話せば、サラも、わたしが賢明だなんて、思わないでしょうよ。もちろん冗談のつもりでやっているのですが、それでも自分のバカげた占いを信じています。ちょうど今、わたしはある物語[1]を書いているのですが、この中で一羽の鳩がある役割を演じています。ある日フルスンドにいる時、突然、だめだめ、この作品はあまりよくならないかもしれないと思いました。そして、馬鹿げたやり方ですが、聖書で占いをしてみようと思いついたのです。こんなふうに：「さあ、これから偶然にまかせて、聖書を開き、そのページに、ひょっとして鳩のことが書いてあるかどうかを見てみよう。もし、鳩が載っていたら、本は良くなるでしょう。」 そして、そのようにやってみたのです。サラも自分でやればわかりますが、実際、聖書に、鳩のことはそんなに多くのページに書いてあるわけではありません。ところが、好き勝手に選んだページに、鳩のことが書いてあるのを見つけたのです。次の行がまったくなんの理由もなく、書かれていると思われました：「はとの翼は、しろがねをもっておおわれ、その羽はきらめくこがねをもっておおわれる。」(旧約聖書・詩篇第六八篇一三) はっはっ、年寄りがこんなに馬鹿になれるなんて、聞いたことないでしょう？

そうそう、あなたの書いているものは進んでいますか？ うまくいっているように、祈っています。明日、コペンハーゲンとハンブルクに、二、三日行きます。さあ、荷物をカバンに詰めこまなくちゃ。

お元気でね。さようなら、わたしのかわいいお嬢ちゃん！

アストリッド

（1）ある物語――『はるかな国の兄弟』のこと。

［一九七二年　一〇月四日］

アストリッド（リンドグレーン）さまへ

ありがとう。本当に、ありがとう。二〇歳になるその日まで煙草を吸わなかったら、一〇〇〇クローナくださるなんて。ぜんぜん信じられない。会ったこともない人が、煙草を吸わないようにするだけで。でも、あなたは、一〇〇〇クローナくださらなくていいです。いいえ、わたしは、受け取ることは出来ません。けれど、あなたが、プレゼントしたいと思ってくださっただけで、わたしが、すごくすごくよろこび、そして驚いたことは、おわかりくださるでしょう。どんなに書いても、そのうれしさを、説明することはできません。でも、お金はくださらないと、約束してください、それでもわたしは煙草を吸わないようにしますから。もう止めたのです。ただ、おばあちゃんが、わたしに煙草を吸ってほしくないからです。

それにね、煙草を吸うことって、一一歳から一九歳の子どもにとっては、かっこよさのシンボルになってきているのです。外から見るだけで、喫煙者がどの種類(社会の階級に近い)に属しているのかがほとんどわかるようになっています。

一は、常習的に煙草を吸っている人たちで、五、六歳から吸っているのでしょう。最新の流行を追っている人たちで、「普通」の人たちよりも、かっこいいとされているので、このタイプの人と友だちになるのは、名誉なことです。

二は、「ちょうどいいぐらい」ちょっぴり吸う人たちで、ニコチン中毒にはなっていません。習慣になるまでに、止めようと考えています。

三は、喫煙者でないタイプです。この人たちは、煙草を吸ったことがまったくありません。期待される人たちではなく、「きちんとしていて、まじめ」「弱虫」「神聖でけがれのない人」「変わり者」などと、一般的には見られています。

四は、最後のグループ。みんな煙草を吸いたいと思っています。生意気で、あまり人気がないので、コンプレックスを持っている人たちが多いです。この人たちは、煙を吸いこまないので、長いあいだ煙草を吸ってきたとは、言えません。喫煙者は、このグループの人のことを、「そんな吸い方なら煙草を吸うことに、なんの意味があるのだ?」と、言います。でも、確かに、肺まで吸いこむのは**バカ**なことです。

以上が、ほとんど例外なく一般的に、喫煙者が、どう分類されているかを書いたものです。もちろん、必ずしも正確なものではなく、バカげた分け方です。でもこれは、自分がどのグループに格付けされているのかをとてもよく表しています。まさに、これらが、喫煙の理由であり、煙草を止めたくない理由です。すべて、このグループ分類のせいです。でも、いずれにしても、わたしは止めたし、再び吸いはじめないことが大切です。

まだ、アンナに、よろしくと伝えてないので、なんて言いましょうか。

わたしたちは、書きたくなったら書きましょうと、言ってくださったのは、とてもありがたいです。たいてい普通の文通仲間は、一週間に一度、少なくとも定期的に手紙を欲しがりますよね。

その鳩のことは、不思議ですね。わたしの本のことですが、まだ書き始めていません。自分が猛烈に書きたいと思っているのはわかっていますが、残念ながら、時間がないのです。やらなければならないことが恐ろしくたくさんあるのに、生まれつき、並はずれてのろまなんです。

ずっと以前に、本を書き始めたことがあったのですが、考えていたようには、うまくいきませんでした。アイデアを温めている時だけは、いつもすばらしいのですが。

この前のあなたの手紙の最初に、わたしが、無理には書かないでと書いたことから、わたしは心配りができると言ってくださいました。でも、そんなことないです、わたしは、すごく利己的です。あなたが、わたしに書きたいというのは、うれしいです。わたしにとっては、あなたからの手紙をもらうことは、すばらしいことです。最高に楽しいことです。ある意味で、光栄な気持に近いです。

実際、あなたの本全部を、どんなに好きかを話さなくてはならないでしょうが、どのように伝えればいいのか、とてもむずかしいです。子ども向けの本は全部読みましたし、小さい頃から愛読してきました。（おばあちゃんも全部読んでいます。）どうして、こんなに、知的で、すばらしくて、ぴったりくるものが書けるのか、理解できません。その上、おもしろいのですから。読んでいると、まるで実際に起こっていることを見ているようなんです。こんなふうに書くのはむずかしいに違いないのですが、アストリッド・リンドグレーンは書いている時に、自分も楽しんでいると気づきました。

今は調子がいいのですが、ときどき演劇か映画で役がほしいと、どうしようもないほど強い衝動にかられます。

わたしは、毎日自分が五、六歳年上だったらいいのにと、思っています。

それと、わたしは冬が大嫌いです。寒いと、冬ごもりをするか、地中海へ行きたくなります。わたしは、冬を憎んでいます。冬って、寒くて、ニキビができて、髪の毛がべとべととして、着ぶくれてしまうでしょう。

ではまた、親愛なるアストリッド・リンドグレーンさま。さようなら、そして今までのお手紙みんな、ありがとう。（九通だと思います。）お元気でね、また、書いてくだされば、すごく親切だと思います。

わたしからも、お元気でね。さようなら。

サラ・ユングクランツ
ホーラリッケ

エーネリイダ

[一九七二年　一一月六日]

ああ、ご本、すごくうれしかったです。あんまりうれしくて、おばあちゃんにしゃべってしまいました。もらったのは、すごくラッキーでした。と言うのは、とてもおもしろそうだからです。(不思議なんですが、わたしは、この二冊とも読んでいなくて、買おうかなと考えていたところだったのです。) わたしに、送ってくださるなんて、やさしくて、深いお心配りだと思います。それに、本には、あなたのサインまで入っていて、ありがたかったです。(最初、サインのことがよくわからず、どこかの競売に出たものかと考えてしまいました。)

とにかく、「カティ」シリーズの本、本当にありがとうございました。あなたは、どれだけ親切なんでしょう。わたしが、よろこんだことを覚えておいてくださいね。うれしかったんですから。

わたしは、すこぶる元気で、たいていのことはうまくいっていますが、まだ傷つきやすく、時々、人の輪の中にいると、泣かないようにするために、無理をしなくてはなりません。泣きたい時に泣く権利があるはずなのに、いたたまれなくなってしまいます。泣くことが、笑うことと同じぐらい自然にできたらいいのにと願っています。

クラスに、「いつも」泣いているかわいそうな男の子がいるのですが、この子のことをかわいそうだと思う人のために、がまんせずに泣く泣き虫なんだと、聞いたことがあります。

でも、泣くって、泣けることをありがたいと思わなくてはならないことでしょう。あまりにも無力だと感じる時、わたしは、泣かずにはいられません。

（このことは、だれかに打ち明けたいがためだけに、書きました。）

わたしは、まだ自分の本に取りかかっていません。でも時々、本の中で使えそうな文章や段落を思い付くと、書きとめています。何度本を書きはじめても、ぜんぜんよくなりません。きっとアイデアの段階だけが一番すばらしいのでしょう。

もう一度、ご本、ありがとうございました。さあ、今から、読みます。

さよなら！　さよなら！

サラ・ユングクランツ
ホーラリッケ
エーネリイダ

（ああ、どんなにあなたが好きでしょう、アストリッド・リンドグレーン！）

［一九七二年　一一月七日］

そして、まあ、わたしも、どんなにあなたが好きでしょう、サラ・ユングクランツ。二通のお手紙、ありがとう。サラが、泣くことについて、とてもうまく表現していたので、自分が言ってもよさそうです、はっはっ！　抱えている緊張を解きほぐすために、どうして人は泣かないのでしょう。わたしは三〇代の頃、何があろうとも、今は絶対に泣かない！と、急に自覚したことを思い出しました。子どもの時や、若い時は、しょっちゅう泣きましたが、ちょうど三〇歳から四〇歳の頃は、泣きませんでした！　その頃は、たぶん永久に泣くことはないと信じていたのですが、そうではありませんでした。近頃は、時々泣かなくてはならないと感じます。男の子や大人の男だって泣けばいいのにと思います。彼らの感情を押し殺したり、自制したり、はけ口を与えないのは完全に間違っています。あなたのクラスのかわいそうな男の子は、泣いている時、いらだっているのだと思います。

わたしの兄が、あるかわいそうな入隊したばかりの兵隊のことを話したのを覚えています。兄も一緒に新旧の兵隊たちが訓練をしていたのですが(ずっと昔のことで、一九二〇年代頃)、すさまじい演習で、彼らは寒さと餓えに苦しみ、これ以上過酷なことはないほどひどい扱いをされ、ついに新兵のひとりが泣きだしたそうです。それ以降、この新兵は、「泣いた奴」という名前で呼ばれるようになったのです――残酷だと思うでしょう！　近頃の若者は、男は泣いてはいけないというのを、ちょっと放棄しているように思いますが、サラはどう思いますか？

サラは、おばあちゃんのために、煙草を吸いたくないと書いています。それはいいことです。でも、もっといいのは、サラのために、煙草を吸いたくないと思えることです。

さよなら、サラ。エーネリイダのわたしの友、今日はもう時間がありません。お元気でね、好きなだけ、笑ったり、泣いたりしてください！

『イタリアのカティ』[1]は、『パリのカティ』[2]の前に読んでください――そうでないと、はっきりしないところが出てきます。

アストリッド

バイバイバイ！

（1）『イタリアのカティ』――一九五二年刊。
（2）『パリのカティ』――一九五四年刊。

［一九七二年　一一月八日］

たった今、『イタリアのカティ』と『イタリアのカティ』の二冊を、読み終えました。もちろん、一冊は『パリのカティ』のこと、ごめんなさい。二冊ともめったに出会えないほどすばらしかった、と言うか、こんなにすばらしい本は、読んだことがありません。正直に言えば、読んでいる最中に、どんなに面白かったかを説明するために、いいところを見つけようとしていました。アストリッド・リンドグレーン自身が、かつて本の中のような旅をしたのか、そして、彼女はちょっと、カティに似ているのかなどと、密かに考えていました。ああ、これらの本を読むのは、なんてすばらしかったことでしょう。自分が二〇歳だったらいいのにとどんなにあこがれ、小さな子どもがいればいいのにとどんなに願ったことでしょう。ある意味で、大人は素敵だと思えるし、親切なんだと、勝手に思いこんでいます。

ところで、何週間か前に、テレビで、あなたと、「エーミル」に出てくるお手伝いさんの〝リーナ〟を見ました。番組はとても魅力的で楽しかったので、あなたの作品は、ますます人気がでると思いました。

もう一度、本のこと、ありがとう。こんなに上手に書けるんですから、あなたはきっとすごく賢いのでしょう。この本は、くり返し読むことになると思います。

ちょっと前に、ウルリスハムンに行って、昔からの友だちに、いっぱい会ってきました。ムッレ学校以来会っていなかったし、時々喧嘩をしていたのに、とても楽しかったです。普通の人が、しょっちゅう会わないだけで、すばらしく好きになれるなんて、変だと、考えたことがありますか。ウルリスハムンへ行くのは、いつも楽しいのですが、戻りたいとは思いません。わたしは、夏が恋しいだけです。裾を、ギザギザに切ったスラックスやあごのニキビがこんなにも、わたしを暗い気持にさせるなんて。

さよなら、アストリッド。あなたの本を読み終えても、どうしても、本のことを考えてしまいます。

ごきげんよう　サラ

［一九七二年　一二月二二日］

ストックホルムのアストリッド・リンドグレーンさま、サラより

タイプライターに紙をセットして、自分のことをどう思っているかをちょっと書こうと考えて、最

初の文章を書きはじめたのですが、そんなことより代わりに、あなたが読んで面白いことを何か書くべきだと思ったのです。と、言うわけで、こんなふうになりました。

以前、わたしは、たとえば一人で暗い部屋にいる時などに、恐怖に襲われることがあると、たぶんお話ししたと思います。でも、とにかくそれは、成長と共に消えはじめました。ところが、今になって、何が怖かったのか、わかってきたように思います。精神を病んでいる人が暗闇から浮かび上がってきて、モナ-リザ(絵)のようなまなざしでわたしを見るのです。そして、彼女は時と永遠のすべてを知っていて、また、わたしも、すべてを知っているけど、そのことに気づかないようにしているんじゃないかという目つきで見るのです。

わたしは、精神病院のすべてが怖く、英語のホスピタルという言葉にさえぎょっとします。もしわたしが生まれ変わりを信じるとすれば、わたしはかつて精神病院にいたことがあると思います。実は、今はもうベッドに入っていますが、怖くないのですが、もし突然停電になれば、確実に怖くなることはわかっています。病気の人でも、健康な人でも、自分が精神病だとは、だれも思いこんだりしないし、その健康な人が精神的に病んでいるんだと、だれも暴露したりしません。人は自分の状態がどうなのか、知ることができません。

自分が正常だと推し量ることはできますが、自信を持ちすぎない方がいいのです。でも、自分が正常だという根拠があるから、退院の時に証明書をもらったんでしょう。ほうら、ね。

わかっていることが、ひとつあります。わたしがクソッタレなことを書いていることですが、その中には、きっと真実があることでしょう。

ここまでは、一昨日の夜、あまりに疲れていて、ほとんど正常に考えられない時に書きました。**でも今日、**楽しみなことがありました！　あなたのご本をいただいたのです！

ありがとう！

あなたは、だれかをよろこばす方法をよく知っています。もちろん、びっくりしました。だってご本がいただけるなんて、予想もしていなかったからです。「カールソン」シリーズが大好きなことは、ほとんど話さなくてもいいほどです。カールソンの二冊目を読んだのは、ずいぶん前のことですが、どんなに面白かったかということだけは、はっきりと覚えています。

わたしは、あなたに、何かクリスマスプレゼントを贈りたいと、考えに、考えてきました。でも、あなたが本当に欲しいものを、わたしが思い付くのはむずかしいです。あなた自身で何がいいのか、わかれば、教えてくださいますか。わたしが、よろこんでプレゼントしたいことは、わかってくださるでしょう。とくに、こんなすてきなご本をいただいたのですから。

さて、話が変わりますが、昨日から学校が休みになったので、すごく快適です。成績はあがったし、『やねの上のカールソンのすべて[1]』が、午前中に届いた時には、よろこびの叫びをあげてしまいました。

それに、今まで知らなかった女の子と知り合いになりました。彼女は、ここから数キロ離れた所に住んでいます。まだ彼女のことをよく知らないのですが、彼女は女優のカトリン・ヴェステルルンド(2)や、クリスティーナ・ショリン(3)や、マルガレータ・クルック(4)などを知っています。わたしは、だれも知りません。

でも、アストリッド・リンドグレーンに勝る人はいないでしょう……。

いいえ、あなたが思うように、若い男の子が、泣いてはいけないという考えをもう捨てたとは、わたしは思いません。女の子は泣いていいのですが、泣くのは、たいていだれかが自分のボーイフレンドを取ったからでしょう。そんな時は、自分が美しく見えるという条件付で、ちょっぴり泣くのです。

わたしは、小さかった時、あなたの書いた本を読んで、たまに、「だれだれちゃん(名前)に献呈」と書かれているのを見ると、いつも考えていました:

「わあ、アストリッド・リンドグレーンが献呈する子どもって、なんてラッキーなのかしら。」その作家から、**わたしは**三冊も**もらった**なんて、本当のところ、実感がわきません。

今は、あなたに、すばらしいクリスマスをと祈るばかりです。だれかれなしに、ただ習慣的に、すばらしいクリスマスをと願うのとは違います。

あなたが、新聞で、祈っておられたように、もしヴェトナムに平和が訪れているなら、クリスマスはすばらしいものになるでしょう。

二枚の小さな写真を送りますが、あまり似ていないかもしれません。白黒の写真の方は、二、三か月前に撮ったものです。

メリー・クリスマス、ごきげんよう

サラ、ホーラリッケ

追伸：残念なことに、封筒が小さすぎます。クローバー模様のついた封筒がもうなかったのです。

サラ

（1）『やねの上のカールソンのすべて』――三冊の『やねの上のカールソン』の合本。
（2）カトリン・ヴェステルルンド――一九三四―一九八二。
（3）クリスティーナ・ショリン――一九三七―。
（4）マルガレータ・クルック――一九二五―二〇〇一。

1973

一九七三年　一月三日

サラ、ホーラリッケのわたしの友だち。お手紙、ありがとう。わたしが、サラに手紙を出したのは、だいぶ前のことですから、その後のお手紙のお礼も言わなくてはなりません。でも、手紙を出さなかったということが、サラのことを考えていないという意味ではなく、時々考えていましたよ。

お写真も、ありがとうございました。サラは、魅力的だと思います――モノクロの写真なんて、映画スターのようです。モノクロ写真は、顔の表情を、カラー写真よりもよりよく引き出していると、思いませんか？

まだ暗所恐怖症を引きずっているのは、つらいことでしょう。少しずつ消えていくように願っています。そして、サラが、どうして精神病院に対して不安や不快感を持つのかを考えています。あの青少年精神クリニックの病棟で、何かいやな経験をしたのではないですか？　いえいえ、きっと他の要因があるのでしょう。もちろんわたしには、サラの恐怖はわかります――ちょうど、あなたの年頃に、学校で手芸の授業を受けようとしていたのですが、通常の授業のあとで、午後五時頃でした。わたしは、他の女の子たちと一緒に学校の階段に立っていました。そこへ学校の外の道路を、ひとりの男が歩いてきたかと思うと、急にこちらの方に向かって突進してきたのです。わたし以外の女の子たちは走って逃げましたが、わたしは、男がすぐ近くに来るまで動けませんでした。近づいた時、彼は心を病んでいることがわかりました。神さま、なんという怖さ！　わたしは、走りました！――でも、心を病んでいる人に突然出くわすなんて、めったにないと認めなくてはなりません。多くの人が、精神を病むのではないかという恐怖を持ちつつ、生きています。サラには、そんな心配をせずに生きてほしいと思います。サラは、正常で、リンゴのように新鮮だということを覚えておいてね！

サラが、ちょっと共通点のある女の子と出会ったのは、なんてよかったのでしょう。サラの希望どおりに事が運び、ふたりがよい友だちになれるよう願っています。

その後ウルリスハムンには帰っていませんか？　クリスマスのあいだ、ホーラリッケにいるようだったから、よろこんでいます。わたしは、いつもどおり、ダーラ通りの自宅でクリスマスを祝いました。クリスマスイブには、子どもや孫たちが全員、家にやってきました。クリスマスの次の日も何人か来ました。けれども、**クリスマスの日は**、高価な宝石のように、守りましたよ。その日、わたしは出かけることもしないし、だれかが来ることもないし、まったくひとりで、本を読んだり、音楽を聴いたりして、死ぬほど満足します。クリスマスは、一年じゅうで一番いい日だと、思っています。

ここストックホルムと同じように、サラのところも、いやなお天気ですか？　二、三キロの雪なら、そんなに悪くないのだけれど。

わたしが、昨年六月「わたしたち[1]」に、父母のことを書いた『セーヴェーズストルプのサムエル＝アウグスト（父）とフルトのハンナ（母）』を、きたる二月九日に、ラジオで読むことになっています。もし、サラが聴いてみたいと思われたらですが。番組名は、「わたしたち、年金生活者」だったか、何かそんな名前でした。はっはっ、サラにぴったりでしょうか。

こんどの金曜日に、スモーランドへ行く予定です。第一二日節[2]のためだけに行くのですが、もちろん、ネースに行きます。わたしの兄が、すごく落ちこんでいて、泣いてばかりいるのです。ね、泣く男の人って、いるでしょう。でも、きっとふさぎこんでいる時にだけでしょう。ストックホルムより、ネースの方が、サラのいるホーラリッケへうんと近いので、空をまっすぐ横切って、ご挨拶を送ります!

わたしには、何もくださらなくていいのです。すでにサラの写真をいただいたし、素敵な手紙ももらいましたから。

サラ、お元気で。何も心配することがないように。一九七三年がいいお年になりますように。

アストリッド

グニラのことを覚えていますか? わたしかグニラの母親かどちらかが、グニラが精神クリニックに行った方がいいのかと悩んでいた女の子です。今はとても元気で、新しいパパを受け入れて、学校へもよろこんで通っています。わたしは、時々、あなたのことを dig と書いたり dej と書いたりしますが、まったく決まりはありません。いいかげんで、ごめんなさい!

(1)「わたしたち」——スウェーデンの雑誌。文化的なことから社会的なことまで、幅広い記事を扱っている。

（2）第一二日節――一月六日、クリスマスから一二日目のお祝い。

［一九七三年　一月九日］

アストリッド・リンドグレーンさま

お手紙、ありがとうございました。そして、わたしのことを思って、「わたしたち」に掲載されたお話『セーヴェーズストルプのサムエル＝アウグストとフルトのハンナ』を送ってくださり、本当にありがとうございました。読み終えたあとも、なんと深い感動が残っていることでしょう。出来るかぎり取っておきます。もっと早くお礼を言うべきなのに、こんなことになってしまいました。

こんな寒い冬の時期に、ご両親が愛を誓われたのは、きっとすばらしいことだったのでしょう。そうでもない限り、冬は、いや。うんざりです。このお話をラジオで聴きます。あなたの声が聴けるなんて、とても楽しみ。初めて、（あなたの声を）聴いたのは、わたしが、まだ小さい時で、あなたは、ご自分の本から何かを、ラジオか、たぶんテレビで読んでくれました。とにかく、わたしが、こう思ったことを覚えています。「アストリッド・リンドグレーンは、**こんな声なんだ⁈**」

でも今は、まるですべてがあなたの声で書かれたかのように、思っています。

あなたがラジオで読まれる時(もし、サラは、すっかりいかれているわ、と思われなかったらですが)、次の箇所:「そしてイェボで、ある結婚式がありました。」ちょうどここを読まれる時に、わたしのことを心の中で思っていただけないでしょうか。わたしは、あなたが、覚えてくださっているかなと思いながら、聴くことにします。あなたもそうしたいと思われて、その上覚えていてくだされば、ですが。ありがとう!

いいえ、わたしは、精神病になることは心配していません。でも、人は、すごく疲れている時、電灯が動くと思ったり、実際は押さえているのが防臭剤の瓶なのに、目覚まし時計が止められないと思って、心配したりするのです。そして、だれも話題にしたくないけれど、精神クリニックのことを精神病院だと考えていいんだと、人は思っています。でも、**本当のところ**、わたしはあんまりそう思っていません。

わたしたちのいやな天気って、ええ、芝生は秋のようにひどいし、空気も半分霧がかかったみたいだし、何もかも、苔のような匂いがしています。文明から何十キロも離れているように感じるし、それに、まったく暗くて、それなのに快感です。

あなたが、なんにも欲しくないなんて、困ってしまいます。なんでもいいから、何か欲しいものを言ってもらえないでしょうか?

今日は、クリスマス休暇のあと、はじめて学校へ行きました。行きたくなかったです。ええ、わたしは、学校へ行くのが、もう耐えられません。正確に言うと、朝早くにバスに乗るのがいやなんです。

今では、学校なんて、どこへ移っても同じようにうんざりするものだとわかりました。ほんの何か月か前には、これが楽しいだなんて、どうして思えていたんでしょう！

チェッ、このことを考えたら、これ以上書けなくなったので、ここで終わります。

じゃあ、また。本の進み具合はどうですか？

（弟のクリスマスプレゼントに、『ミオよ　わたしのミオ』[1]を贈りました。）

親しみの気持をこめて、ホーラリッケのいつものサラより

（1）『ミオよ　わたしのミオ』――一九五四年刊。日本語版は一九六七年、岩波書店。

［一九七三年　一月一一日］

サラ！

トラララライ[1]、さっきスウェーデン・ラジオで、お話を読んできましたが、約束したように「そしてイェボで、ある結結式がありました。」と読む時、サラのことを、心の中で思いましたよ――あらかじめ録音しておくことは、ご存じでしょう。でも、放送される時には、ちゃんと読めているかこ

っそり聴くことにします。その時には、イェボにさしかかると、もう一度サラのことを思うことができますね。はっはっ、こんなおふざけは、おもしろいと、わたしも思います！

サラ、あなたが学校を好きでないと聞いて、ちょっと心配で、ちょっと悲しくなっています。どうしてか、もしわかるようなら、話してくれますか？　友だちと、あるいは先生と何かあったか、あるいはただ全体的につまらないという感じなのかしら？　大切なサラ、なんとか持ちこたえてください！　また、学校をさぼりだすと、おばあちゃんの手に余ってしまうことを心配します。ほら、わたし自身がおばあちゃんだから、どんなことになるかわかるのです。わたしもサラのおばあちゃんも、きっと確実に、サラがうまくいってくれるように願って、願って、願っていますから、サラがうまくいかないとなると、すごく不安になるのです。

トラララレイ、もちろん、あなたのことを思っていますよ！

まちがいなく、しっかりと
アストリッド

どうして、サラはそんなに疲れているのかしら？　十分眠れてないの？——睡眠は**とっても大切なこと**だと、覚えておいてね！　本当よ！　それとも貧血？　疲れるというのは、不自然な状態だし——その原因をなんとしても見つけなくてはなりません。そうすれば、どこか悪いところや直す必要があるのかがわかります。忘れないで、返事を書いてね。

何が欲しいかですって？　何か小さな、小さなもので、なんでもいいです。わたしがそれを見たら、「サラ」のことを思うような何か。

（1）トラララレイ――オーケ・グレンベリイの歌う、「土曜日まで」の歌詞からの引用。

［一九七三年　一月］

まいまた、こんにちは。イェボの結婚式のところを読む時にも、わたしのことを思ってくださり、ラジオで流れる時にも、もう一度思ってくださるなんて、バンザーイ。ラジオの時には、きっちり同じ時間にお互いを思っているのがわかって、まるでテレパシーみたい。

わたしの学校嫌いのことは気にしないでください。さしあたって今は、そんなに危険ってほどじゃありません。時々よくなることはありますが、たいていは、死にそうなほど暗い気持ってとこです。

わたしのクラスの別の女の子（アン－マリ）も、学校嫌いなんですが、八年生のあとは、学校をやめて、婚約者と一緒に暮らすんですって。昼間子どもを預かる子守をするか、店員になるらしいです。もうピルを飲んでいて、うまくやっています。

他のみんな、プラスわたしは、彼女がうらやましくてたまりません。

わたしが、十分眠れているかですって？　こんな具合です。夜、ベッドに入って、目覚まし時計のネジを巻きます。七時間ぐっすり眠れるのはすばらしいと、考えます。そして、朝。はい、あと、一六、七時間は眠れるほどです。

わたしは、貧血の血液検査をしていないので、貧血かどうかはわかりません。でも、そうかなと思って、鉄剤のサプリメントを買いました。

それと、わたし、姿勢がすごく悪いので、バカに見えるし、肩甲骨はちゃんと動いてないし、腹筋もないし、胸はぺちゃんこだし、かろうじて動けてるってところです。エルムフルト病(1)なんて、たぶん聞かれたことないでしょうが、わたしは、それにかかっています。エルムフルトでは、みんなその病気なんですが、原因はわかっていません。

わたしは、きっと、どこかへ行って、休養しなくちゃならないんだわ。

あなたに、話していなかったことが、あります。それは、去年の秋、おじいちゃんが亡くなったことです。がんでした。それで、わたしは、去年の夏で何もかもが終わりだという気がしていたのです。

一緒にお送りした鳩は、おじいちゃんが作ったものです。スモーランドの平和の鳩ですが、これと同じように作れるのは、おじいちゃんだけでした。おばあちゃんは、わたしが、あなたに手紙を書いているのを知っていますが、もちろん手紙を読んだりはしません。おばあちゃんは、何羽かおじいちゃんの鳩をとっておいたのです。それと、鳩についての言い伝えがあります。鳩を飾っている時は、乱暴な言葉を使わないことになっています。この鳩を出したまま長く飾っておくと、木の色が濃くなってきます。クリスマスに飾るといいそうです。これで、鳩のことはおわかりになったでしょう。

近頃は、毎日どう過ごされていますか？　今も本をお書きになっているのでしょうか？　ストックホルムで暮らすのは、襲われることがあったりして、危険じゃないですか？　なにしろ、ネースとはかなり違うでしょう。あなたは、作品のなかでスモーランドのことか、ストックホルムのことを書いていることに気が付きました。直接スモーランドとストックホルム**について**じゃないけれど、えーと、わたしが言っている意味がおわかりですね。

（土曜日の夜、時計を夜中の一時にセットします。というのは、一九七三年一月二八日日曜日、**ヴエトナムでアメリカの爆撃が止まる**からです。）**今では**遅すぎるけど！

ようやく手紙を読み終えていただくことになります、ありがとう。さよなら、さよなら！

サラより

（1）エルムフルト――スモーランド地方にある。

一九七三年　二月八日

サラ、わたしの小鳩ちゃん。

すてきなプレゼント、どうもありがとう。サラのおじいちゃんが、作られたすばらしい、平和の鳩！　そして、まさにぴったり鳩——わたしが白い鳩に目がないのは、ご存じでしょう。わたしは、子どもの時、バラと白い鳩と金髪の巻き毛の少女のブックマルケン(1)が、大好きでした。本当に、ありがとう。この鳩に、わたしは、サラ・コロンバ(2)・ビアンカ(3)と名前をつけました。

いいこと、かわい子ちゃん、血液検査はぜんぜん怖くなくて、平気ですよ。でも、いろんな状況から考えて——ちょっと歩くだけで、いつも疲れて、その上エルムフルト病にかかっているなら、悪いかもしれないから、お医者さんへ行かなくちゃ。お願いだから、どうぞ行ってください！　サラは、疲れているから、姿勢が悪いのだと思います。わたしは、一〇代の頃、背中をかがめて、歩いていました。猫背って、本当に美しくないのよね——その後、わたしの娘は、わたしよりもさらに姿勢が悪かったのですが、今ではわたしも娘も、ずいぶんまっすぐな背中をしています。子どもを産むことと関係があるのではと、思っています。女の人は、妊娠すると、重心が前にくるようになり、釣り合いを取るために、背中をまっすぐにしなくてはならないからです。

サラは、アン‐マリが、学校を止めるとか、ピルを飲んでいるとか、婚約者がいるとか言っているのを、羨ましがらなくていいと思います。かわいそうなアン＝マリ、もし彼女が男の人と一緒に暮らすとすれば、――彼女は、一七歳ぐらいかな、いえ、それより若いでしょう！　サラ、あなたに言いたいの。自由というのは、世界じゅうが得ようとしている最上のものです。そして、もし、アン＝マリが、本当に自分の計画を実行に移すなら、彼女は人生において、それ以後もう自由を得るのがむずかしくなるでしょう。サラは、もちろん、学校は、自由とは正反対にあると思っているでしょう。たとえ、学校について違う捉え方があるとしても、わたしは、それを否定はしません。でも、学校を卒業したあとすぐに、もっとも身近な結婚に走ったとしたら、いやはや、いやはや、わたしなら、どうしてそんなもったいないことが出来るのかと、気が変になりそうです。サラには、ピルを飲みながら、どこかの小部屋で、恋人なんかと一緒にいないで、なんとかうまく学校を卒業して、そのあとちょっぴり世界や人を見て、少しは楽しんでほしいのです。ねっ、サラ！

兄が心不全で地域病院に入院しているので、昨日、リンシェーピンへお見舞いに行ってきました。彼は、ずっと長いあいだ、勇気にあふれ、人生を謳歌し、積極的で、じっとしていられない人でした。今は、見ているのがつらいほど、よく泣き、静かです。以前のような兄を、再び見ることは決してないだろうし、たぶんこの先もう長くはないだろうという気がしました。死というのは、きわめておかしなもので、よくわかりません。想像することはむずかしいし、受け入れることもできません。そう、サラは、最近おじいちゃんを亡くしたところでしたね！　おばあちゃんやサラにとっては、大変つらいことでした。サラがおじいちゃんのことを好きだったなら、なおさらそうだったのだと思います。

突然ひとり、またひとりと黙ってこの世から消えていき、いなくなるなんて、どういうことなのでしょう。この年にまでなると、本当にたくさんの人を亡くしてきました。

先日の夜、娘に、彼女の家で子どもの世話を頼まれました。一番下の、ウッレは四歳なのですが、わたしが子ども部屋へ入ろうとすると、床のじゅうたんの上は、おもちゃや、がらくただらけで、足の踏み場もないほどでした。「なんとまあ、なんてひどい！」とわたしが言うと、ウッレがこう言ったのです。「うん、ニッセがやったんだよ、ニッセは本当に、バカあっくんま、だ！」ウッレは、バカ悪魔なんて言わずに、バカあっくんまと、とても注意深く言っていました。それにしても、わたしたちの世界は、なんてバカ悪魔なことで満ちているのでしょう！　さて、ヴェトナムでの爆撃中止は、かろうじて実現しましたが、サラのおじいちゃんの平和の鳩が、彼の地で好まれるようになるのは、まだまだでしょう。

わたしも、今は、サラと同じように疲れています——昨夜よく眠れなかったから——だから、今からちょっと横になります。もう一度、すてきな鳩、ありがとう。おばあちゃんによろしく、そして鳩をありがとうと、お伝えください。

もちろん、本は、締切に追われながら、まだ集中して書いています。明日は、落ち着いて書くために、フルスンドへ発ちます。そして、一九日には、子どもや孫と一緒にテッルベリイへ行きます。そこでは、午前中いっぱいは書きますが、だれも邪魔をしません。そして、昼食のあとは、スキーをします——今年は雪がぜんぜんなさそうですが。サラも、明日から、スポーツ休暇だと思います。何をして楽しむのかしら。

お休みなさい、サラ・コロンバ・ビアンカ

アストリッド

(1) ブックマルケン――本のしおり。花や人形や天使などのデザインがシートになっていて、女の子たちは、お気に入りのデザインを集めたり、友だちと交換したりして楽しむ。
(2) コロンバ――イタリア語で鳩の意味。
(3) ビアンカ――イタリア語で白いという意味。

[一九七三年　四月(?)二七日]

むかし、五、六歳の女の子がいました。女の子は、町はずれの家に引っ越すことになっていました。でも、家はまだ建っていません。家の建つところには、古い物置がひとつあるだけで、他には何もない大きな丘でした。その丘には、小川の流れている森もありました。その森のほぼ真ん中には、小さなレストランがあったのですが、今では、いくつかの古いテーブルや椅子と、〝天国〟という看板が残されているだけです。女の子は、家が建ちはじめるずっと前から、両親と一緒に、その〝天国〟という住宅地を見に行っていました。時々、お父さんと一緒に、〝天国〟まで歩いていくこともありました。牧場の周りの柵の上を歩くこともありました。お父さんは、女の子と手をつないで、おしゃべりをしました。家族は、引っ越してくることを夢見て、とても幸せでした。

物置が壊され、丘を横切って、道路が作られ、あたりにはどんどん家が建って、〝天国〟は、とても立派な家でいっぱいになってきました。ついに女の子の家も出来上がり、ある夏に引っ越してきました。

女の子は、妹と一緒に森へ行って、イチリンソウを摘んだり、遊び小屋を作ったりして遊びました。台所で、夕食を食べていると、他の子どもたちが天国通りで遊んでいるのがよく見えました。女の子も遊びたいと思っていました。

ところが、他の子どもたちは、女の子を好きではなかったのです。〝天国〟の立派な家の子どもたちは、女の子をバカにし、出会った時には、おおげさに怒鳴り声をあげるのでした。そのうちに、女の子は、自分の家のすぐそばの道路へも出ようとしなくなりました。別の斜面にある小川にも行こうとはしませんでした。女の子は、イチリンソウや、小道や、谷など、森の中のものはすべて、いじわるな子どもたちのものであって、自分のものではないという気がしたからです。女の子は、他の子どもたちに見つかるのが怖くて、見かけるといつでもその場から離れて、隠れました。

月日が経ち、女の子は、ますますひとりぼっちになっていきました。その上、女の子は、ひねくれて、言うことを聞かない子どもになっていました。家族もどんどん不幸になっていきました。一〇代になった最初の年には、お父さんを憎み始めていて、ほとんど話さなくなっていました。女の子は、ますます強くお父さんを憎むようになり、ついには、一緒に暮らしていけなくなり、家を離れました。

ある春の初め、イチリンソウが丘のいたるところに芽を出し始めた頃、女の子は家に戻ってきました。お母さんや妹弟が、森へイチリンソウを摘みに行こうと誘ってくれました。女の子は行きたかったのですが、どうしようかと迷いました。でも、一緒に出かけました。森へ入ると、小さな時のことがよみがえり、泣けてきました——ほとんど。女の子はもう一五歳になろうとしていましたが、森に対して、いまだに震えるような怖さを覚えたのです。小さな丸いものは、彼らがパチンコで撃ったものだし、葉っぱのあいだにあるのは、復活祭のクラッカーの残骸で、土の小道についた車輪の跡は、彼らのバイクの跡です。突然遠くでバイクの音がしました。音がどんどん近くなってくるにつれて……女の子は恐怖でどうにかなりそうでした。何事も起らなかったので、ああ、そのあと、どんなに気が楽になったことでしょう。

その時、女の子は、お父さんのことを思いました。帰ってきてから、「こんにちは」の挨拶もできていないのです。そして、〝天国〟が、本当に天国だった頃、ずっとずっとむかし、お父さんの手を握って、柵の上を歩いたことを思い出しました。その頃は、お父さんのことが好きでした。すると、女の子はただ泣きたくなり、惨めで、悲しい気持になりました。

この女の子というのは、わたしのことです。部屋で、ひとりで、書いています。わたしの顔は、涙でべとべとに濡れています。わたしは、出て行って、お父さんに何もかも話したくなりましたが、できませんでした。その代わりに、あなたに話しています。笑わないでくださいね。

あなただけが、知っているのです、アストリッド・リンドグレーンさま。わたしの代わりに、物語に書いてほしいと思っています。あなたなら、すごく上手に、悲しげに書いてくださることでしょう。今は、わたしだけが、悲しいのです。

サラ・ユングクランツ
ホーラリッケ、エーネリイダ

一九七三年　五月四日

サラ、わたしのちっちゃな友、そしてすてきなお嬢さん、お手紙ありがとう！　わたしは、一週間、フルスンドで書いていました。そして、そのあいだ何度もサラのことを考えましたよ。家に帰ったら、サラからの手紙が来ているだろうと**わかっていました**——来ていなくても、手紙を書こうと考えていました。最後に書いたのは、かなり前になりますね。

あなたの手紙は、本当にすばらしく、感動的な叫びのようでした。サラがつらいと、胸が痛みます——確かに、若いということが（年を取ることも！）、どんなに大変なことかはわかっていましたが、サラの悲しみの背景には、普通以上の、一〇代特有の憂鬱だけじゃない何かがあるように思います。あなたが、そんなに恐れ、そんなに孤独だったというその天国についてもっと知りたいと思います。サラが、逃げて隠れなくてはならないという、その天国の子どもたちとの関係のむずかしさというのは、わたしにはまだ理解できないのです。サラの写真を見るかぎり、みんなが友だちになりたいと思うような、ちょうど「クラスで一番の人気者」の女の子のタイプだと思えるのです。どのクラスにもそんな女の子がひとりはいると思います。わたしが学校へ行っていた時、みんな競ってそんな女の子と仲良くなりたいと思ったことをはっきりと覚えています――そして、誓って、わたしはそんな女の子ではありませんでした。でも、わたしは、逃げたり、隠れたりはしませんでした。サラのような、かわいくて、賢い女の子が、どうしてみんなから遠ざかり、怖がっているのかしら？　もしも、サラが話してくれるなら、どうしてお父さんを憎みだしたのかを知りたいと思っています。その憎しみは、突然にやってきた何かなのか、あるいは特別な出来事があったからなのか？　あるいは、ゆっくりと徐々に大きくなっていっただけ？　今でも同じような気持ですか？　あなたの手紙からは、実際には違う感情があるように思えます。「わたしは、出て行って、お父さんに何もかも話したくなりました。」――あなたが、話したいことは、実際には、なんでしょうか？　あなたのお父さんにとって、自分の子どもから憎まれることが、どんなにつらいことか考えたことがありますか？　確かに、お父さんにとって、つらいことには違いありません。間違いなく。ここに、わたしが読んだ、好きな本があります。

「静かな叫び声のような、隠されたヴァイオリンのすすり泣きのような哀悼歌、人を恋う人の切望が、人間の世界を通り抜けていく。子どもは、子どもとの時間を持てない両親を恋しく思い、姉や妹は、他に友だちを得た姉や妹を恋しく思い、兄や弟は、尊敬する兄や弟を恋しく思い、友は、つれなくなった友を恋しく思い、男は、まだ親しくなっていない女を恋しく思い、女は、去って行った男を恋しく思い、最後に、もっとも遠慮がちで、もっとも深い愛情を持つ両親は、人生の決まり事どおりに、結婚や子ども自身の家庭といった、新しい関係を結んでいく子どもを恋しく思います。悲嘆にくれるヴァイオリンの弦や、ヒース原野でのタゲリ[1]の鳴き声のように、人を恋う人の切望は、人が住むこの世界の中をかけぬけていく。[2]」

たぶん、サラのお父さんは、あなたを恋しく思っていて、彼の切望は、ヴァイオリンの弦のように悲嘆にくれているか、ヒース原野でのタゲリの鳴き声のようなのでは？　でも、もしあなたがその鳴き声に答えなければ、どうしようもないのではないかしら？——そう、わたしは、あなたが、どうしてお父さんを憎むようになったのかが知りたいのです！

そして、サラが、ホーラリッケのエーネリイダで、どんなことを感じ、考えているのかも教えてね。どうでしょう、とうとう春になり、仕事部屋の窓の外が少しずつ春めいてきました！——うちは、ヴァーサ公園の目の前なの。でも、もうすぐフルスンドへ戻ります。フルスンドは、ここよりも少し気温が低いので、春はまだまだですが、言葉にできないほど美しいです。

すごく親しい友人たちの病気や、他にも落ちこむようなことがいろいろあって、大変悲しい思いでいます。なんらかの意味で、春だから感じやすくなっているせいかもしれません。書いている本は、あとふたつの章を残すばかりになりましたが、共にむずかしい章です。成功を祈ってください、お願い！

ああ、サラが楽しくなって、頬に涙をいっぱい流さなくてもいいようにと願っています。でも、悲しみを感じたり、心を奪われたり、考えたりできることはいいことよ。サラを、わたしの同類と思える理由なのですから。人生のもっとも大変な時期というのは、思春期と、老齢期だと思います。自分の若い頃を思い出しても、恐ろしく憂鬱だったし、つらかったです。(ただ、子ども時代は、輝く光そのものです。) わたしは、ありがたいことにとても丈夫な身体をもらっているので、老齢期の病気にはまだなっていませんが、どんなにたくさんの人が病気で、大変かというのを見ています。「最後の四分の一(四半世紀)は最悪よ。」と、母がいつも言っていました。さて、こう言って、サラを元気にするわ！

わたしを忘れないで――サラのことをたびたび考えていますよ。

アストリッド

(1) タゲリ――チドリ目チドリ科の鳥。
(2) 「静かな叫び声のような……かけぬけていく。」――どこからの引用なのかは、不明。アストリッドは、

『パリのカティ』の最後のあたりにも、自分の持つ本の中からと、類似の文章を引用しているが、どの本からなのかは確認できていない。

[一九七三年　五月]

わたしが、愛情を感じているだれかが、特別な理由で絶望的になっている時には、別の機会(たとえばわたしが、あなたの手紙を読んでいる時など)のようには、感じていることを説明できないように感じます。それは、魂の中にある何かで、わたしや、母や、祖母の中にだけあると思うもので、説明できないのは残念です。でも、人間の憧れ、恋う気持を書いてきた作家であるあなたなら、きっと、魂の中にある何かを持っているでしょう。

説明できたらと思うものが、魂の中には、たくさんあります。あなたがこの前の手紙で、本の中から引用してくださった文章を読んだ時、わたしの胸は、もう張り裂けそうでした(まさに!)。書き写してくださってとてもありがたかったです。わたしが書き表わすには、まだ創られていない言葉がたくさん必要でしょう。そして父と、このことを話すためには、さらに多くの言葉が必要になり、ええ、うまくいかないでしょう。確かに、父にとってもつらいことだと、時々思います。父が考えているよりも、わたしは父をよく理解していると思うのですが、**どうすればいいのでしょうか?**　わたしが、父とまったく話せないのは、よくないし、臆病な感じがします。父のことを好きだとさえ言えば、父はよろこびのあまり泣くでしょうが、不可能です。(だめ、くそっ、また、泣けてきたわ、いつも面倒なんです。)

でも、父から殴られたことや、まじめくさった説教のすべて、友だちの前でわたしを見下し、恥をかかせたことなど、いっさいのことを考えると、その時々で、殴りかかりたかったり、叫び声をあげたかったり、ののしりたかったのに、強制的に黙って座らされ、素直ないいお顔で、一時間もそんな説教を聞かされると、もう気が狂いそうでした。友だちにはある幸せが、わたしにはまるでなかったのです! そして苦しみがあったのです! 友だちが、父のことをどう思っているかは、わたしには、手に取るようにわかりました。小さな頃は、父のことを「やさしい父」と、友だちをあざむこうとしましたが、おしまいには、もうあきらめて、みんなにどんなに父を憎んでいるかをしゃべっていました。そして母の父に対する、ぞっとするような従順さったら! 母は、どんなにわたしがぶん殴られていても、父の味方をしていました、ああああ!!!!

実のところ、今はこんなことはありませんが(もちろん、「すまなかった、悪かったと思っている。」なんて、聞いたことがありません、そしてこれからも絶対にないでしょう。)、忘れることは、ちょっとむずかしいです。人は、自分の両親を許すことができてようやく一人前だと、おばあちゃんは言うのですが、ある日、手遅れってことになるのでしょう。

さて、わたしが、家族でイタリアに行くことや、夏には、マリエフレードで、乗馬、演劇、ジャズ、英語など盛りだくさんのキャンプ(六九五クローナ！)に三週間参加するんだと、お聞きになったら、みんながができるわけじゃないのに、サラったらまったく何を文句言っているのかと思われることでしょう。はい、わたしもそう思います。イタリア旅行が、うまくいくようにと願っています。たった今、『イタリアのカティ』を読み返しました。まったくこの本は、なんていいのでしょう。こんな本を、他にも二冊もくださったなんて、どうしてかわかりません。

天国の子どものことですが、何年ものあいだ、わたしは、彼らに会うことを恐れていましたが、わたしが二、三軒隣の家庭にあずかってもらっていた時、その家の子どものウルフの世話に、天国の双子の女の子のひとりが来ることになっているとわかりました。そしてある日、その子が座っている時に、わたしがその家にいたので、ちょっと驚いたようでした。それからは、双子はそろって、特別遊ぶ相手がいないとひんぱんにやってきて、わたしたちは友だちになりました。でも、わたしは、ふたりを好きにはなれませんでした。ふたりは、あまりにも嘘が多かったのです。友だちはみんな、わたしを含めて嘘の友だちでした。

神かけて、わたしは、もっとも人気のある女の子からは、遠く離れたどころではない、まったく正反対の女の子です！　かわいくて、賢い女の子ですって——あらあら！　でも、一応、ありがとうございます。そう思ってもらっただけで、うれしいです。

次々に話題が変わりますが、わたしが憎んでいるのは、お年寄りを理解しないわたしの年頃の人たちです。そんな子たちの言うことを聞くと、ぶん殴りたくなります。わたしには、動脈硬化が面白いなんてまったく思えません。ある日、一二歳から一四歳のエルムフルトの五人の女の子たちが、二人のおばあさん(八五歳と八八歳)の家のドアをノックして、ナイフでおどし、動けなくして、お金を奪ったのです! 思い切り痛いのを一発お見舞いしたいところです。

わたしが、手紙を書くと、いつもぐたぐたと文句を並べてしまいますが、書いている者にとっては、とりあえず快感でもあるのです。

それに、わたしは、今、とてもわくわくしています。すっかり春になったので、ついに二重窓の内窓を外したのです。それにマロニエの木からは芽だけでなく、葉っぱまで出てきましたし、学校はあと四週間残っているだけになりました。職業経験ガイダンスの一環で、一年生のクラスで、先生の体験をしましたし、五〇歳のお祝いのパーティー(あんまり楽しくなかった)があったし、ダンス場もオープンしました。ニキビがほとんど消えて、すごく**うれしい**です。今日は、あなたは、もう少しでわたしが学校で、たわごとや要領を得ないことを言って、先生にショックを与えたことなどばかり聞かされるところでした。こんなバカなことをするのは、風邪の引きはじめの印なので、明日は、家にいたいところですが(くせなんです。)、おばあちゃんのために、さぼるわけにはいきません。もうおさぼりは、やめにしました。**ワァオー!** 春になると、いつも期待しすぎちゃうんです。要するに、多分に自己陶酔の傾向があります。そうそう、お手紙ありがとうございました。わたしが受け取った手紙の中では、一番よかったです。あなたのことを忘れるだなんて——期待してくださっていいです

――わたしは、絶対に忘れませんから。

追伸：悪筆、お許しください！　サラ

サラ

一九七三年　五月一八日

サラ、わが友。すでに創られている言葉を使っているのに、すばらしい手紙を書いてくれました。サラからの手紙が来て、うれしかったです。そして同時に、絶望的な気持になりました。ええ、この前のサラの手紙を読んだ時のこと。どうして、子どもを殴れるの、**どうして、どうして！**　しかも自分の子どもを！　このことを説明するのには、まだ創られていない言葉が必要でしょうよ。殴っている人は、自分が何をしているか、意識をしていないし、まったくわかっていないのだと思います。なぜって、もしわかっていれば、その人は、首をくくらなくてはならないぐらいだと思うからです。もちろん、サラのお父さんのことを言っているのではありませんが、もしお父さんがサラを実際に何度も殴っていたのなら、彼を許すことは、むずかしいとわかります。わたしだって、同じようにします！　サラが抱えている困難さの大半は、このことに由来しているのでしょう。お父さんがいつかそのことに気がつきますようにと祈り、ひたすらサラが憎しみから逃れられるようにとだけ、願っています。憎しみは、本当に痛みを伴い、苦しいですから。同情も同じように痛みを伴いますが、同じではありません。「母は、どんなにわたしがぶん殴られていても、父の味方をしていました。」と、お母さんのことを書いています。「殴る」というのは、文字どおりに、本当に、きつく打たれることですか？　もしそうなら、お母さんのこともわからないです。そこまで従順に仕えるのは、まったく間違っています！　もし**だれか**がわたしの子どもたちを殴るとしたら、わたしは、そのだれかと結婚なんて絶対にしていないわ。わたしは、サラに、両親への憎しみを煽(あお)ろうと思って書いているのではありません。ぜんぜんそんなつもりはなく、サラのお母さんは、恐ろしいほど従順にならざるをえなかったのだと思うのです――でも、サラ、外部の人間は、サラが間違っていないと思っていることを知っていてほしいです。おとなしくて、我慢強い子どもにならなくていい権利があるのです。その上、ついに法律で、子どもに懲罰を与えることが禁止されました。(1)でも、多くの家庭で、暴力がまだあることを知っているでしょう。今でも暴力や虐待は、どこの国でも、スウェーデンでもあります。子どもたちが虐待されることを防ごうと、協会は、必要ならば、電話をかけたり、声を上げたりできるようにと活動しています。このような協会が存在する必要があることは、恐ろしいことです。ヴェルネル・フォン・ヘイデンスタム(2)の詩で、こんなふうにはじまる作品があります。

そして、わたしには、友がいた、たったひとりの友

そして、このたったひとりの友が、無防備な動物をぶった……

続きははっきりと覚えていませんが、詩人が言いたかったことは、もしこのたったひとりの友が無

防備な動物をぶったなら、彼が手を差し伸べても、それがたとえ死の床からであろうと——わたしは、その手を決して取らないでしょうということでした。そこで詩は、終わっています。そして、〝無防備な子ども〟の問題でもあると知らなくてはなりません。ひょっとすると、もっと深刻かもしれないと思います。ここまで書いて、少し気が楽になりました！

わたしやあなたの家の二重窓の内窓が外されたのですから、思い切り楽しんでください！　それに、イタリアへ旅行に行ったり、マリエフレードにキャンプに行ったりするのは、楽しそうですね。サラに、本当に、本当に楽しく、愉快に過ごして欲しいと願っています！

わたしは、六人の孫と、孫の親たちと夏至の直前にクレタ島へ行く予定です。

本を書くのに、あくせく頑張っています。最後から二番目の章です。

さよなら、わたしの小鳩ちゃん！

アストリッド・リンドグレーン

(1)その上、ついに法律で……禁止されました。——スウェーデンでは、一九五八年に学校での体罰が禁止され、続いて、一九六六年には、両親は子どもに体罰を与える権利がないことになった。そして、一九七九年には、一切の暴力が禁止された。スウェーデンは、法律で子どもへの暴力が禁止された最初の国。BRIS(子どもの社会における権利を守る協会、一九七一年設立)が、暴力禁止の法制化に貢献した。

(2)ヴェルネル・フォン・ヘイデンスタム——一八五九—一九四〇、スウェーデンの作家・詩人。一九一六年ノーベル文学賞受賞。

［一九七三年　五月二九日］

まあ、わたしの言うことを信じてくださり、なんてうれしいのでしょう。あなたは、たとえば、「サラはきっと本当には殴られていないわ。それにどこかに傷があるわけじゃないし、どんなことでも言えるわよ、それにサラの言い分しか聞いていないから。」なんて言わない、最初の大人で、賢い人です。

ただわたしが日常的に虐待されていたと、あなたが思いこむようなことは書かなかったと願っています。ああ、でも、叩かれた時には、痛かったと確かに言えます。そしてたとえ一〇〇クローナ、いいえ、きっと一〇〇〇クローナあげると言われても、二度と経験したくありません。

ええ、確かに、父は、自分がしたことをわかっていません。怒ると、バカになるのです。たぶんわかっているのでしょうが、認めたくないので、何事もなかったふりをしているのです。そのことで、わたしはいらいらするのですが、最悪なのは、自分がいつも父を**恥ずかしい**と思っていることです。もし友だちが家に来ている時に、〝**叱責**〟(父が使っている表現であって、わたしは大嫌いな言い方)されたり、怒鳴られたりすると、むかつくの。残酷で**バカげている**から、書きようがありません。父が賢いなんて、だれも信じていません。いっそのこと、正常なら、アルコール中毒の父親の方がましだと、真剣に考えていました。アル中なら、わたしが恥ずかしいと感じなくてもいいのです。すると、あなたは、たいていの子どもは、両親のことをちょっと恥ずかしいと思っているものよと、おっしゃることでしょう。でも、それは、間違っています！　その反対に、わたしは、両親のことを誇らしく思っている子どもをたくさん、たくさん知っています。もうひとつ、自分では、両親が不公平で、みっともなくて、バカで、単純だと思っていても、友だちにはそう思って欲しくないものです。(**あなた**はそう思ってもいいです。)

テレビで、あなたが名誉博士学位[1]を授与されたのを、見ました。よかったですね。あとは、ノーベル賞が残るだけです。

名誉博士になるのって、どんな感じなのかなと思っています。きっと演劇学校に入るみたいなのでしょうか。

今日、おばあちゃんは、子守を頼まれていたので、三冊のエーミルの本を全部、子どもたちに読んであげていました。

ひとつ、時々気になることがあるのですが、**あなたは**、みんなに知られているから、旅行などをすると、出会った人たちはなんて言うのかしら？

この一週間は、学校で五つも試験があり、わたしはずっと勉強ばかりしていました。ダンスに出かけることもしていません。イタリア旅行のために、節約しています！　バカでしょ。でも、**どうでしょう**、わたしは、さぼらずに(一時間だけ、さぼっちゃった)学校へ通って、もうすぐ一年になります。

こんなことが出来たなんて、なんだかすごいことでしょう。

あと、二日と一週間！　そしたら、ふう……。

いけない、もう寝ます。八時間ね。


（なんらかの意味において、虐待しているすべての人。ちょっと考えると、その人たちもかつては実際に赤ちゃんだったし、その時には愛してくれる両親がいたんですよね、わたしはそんなことを思い描けないのです。）

わたしのへたくそな字が読めたら、天才。

さようなら。

サラ・ユングクランツ
ホーラリッケ

あなたのお兄さんが、今は良くなられているようにと、お祈りしています。

（1）名誉博士学位——一九七三年春に、リンシェーピン大学から授与された。

［一九七三年　六月一二日］聖霊降臨祭（祝日）

あのね、サラ、いよいよあとひとつの章を残すだけになりました。神さま、お助けください！　でも、むずかしい章なのです。この章は、二〇日までに仕上げなくてはなりません。二一日には、子や孫たちとクレタ島へ出発するからです。はい、このことは、すでに話したようです。

そして、サラは、イタリアへ出発ですね。もし今回が初めての旅なら、サラはすごい経験をすると思います――わたしは、初めてヴェニスへ行った時のことを、絶対に忘れられません。完全に圧倒されました。最後にイタリアへ行った時に余ったリラが少しありますので、わずかですが送ります。サラが自分のために、わたしからの何か小さなプレゼントを買って欲しいです。イタリアの通貨のことは、知っているでしょうから、何千クローナもの値打ちじゃないことはわかるでしょうが、スカーフか何かそんなものぐらいは買えるでしょう。

一年ものあいだ、サラは学校をさぼらずに通い、本当によく頑張ったと、心からうれしく思います。わたしは、サラにうまくいって欲しいからです――あなたのお父さんが明らかに、あなたをまいらせるようなことをしたのに。彼自身のために、彼はあなたに許しを乞えばいいのにと願っています。でもおそらく、今までどおり、自覚することを拒否するでしょうし、彼にとって、自分の子どもからの親愛の情を失ったことを知るのは、むずかしいことにちがいありません。おお、大変、大変、愛情について、それをどのように与えるのか、それをどのように受け取るのかなど、ちっとも知らない両親がたくさんいます。通りを歩いていても、子どもの世話をしない母親たちを見ることがあります。そこで、家の中での子どもたちを守る壁はどうなっているのかと考えてしまいます。家庭では、子どもは無防備です。人は自分の存在を幸せと感じていないせいで、自分を守れない、もっとも弱い者で埋め合わせをしようとするのです。そのために、子どもに対しての越権行為は少しずつ増えてきていま す。いえいえ、サラが常に虐待されてきたから、傷つきやすいのだとは思っていません。ただ、過ごすべき子ども時代を持てなかったのだと理解しています。でも、サラは利口です。そう本当よ、よくわかっているでしょうけれど。サラは、大きくなるにつれて、知恵と分別がついてきて、たいていのことは、うまくやれるようになると思っています。

さっきまで雨が降っていたのですが、今はお日さまが輝いています。ここフルスンドの海は、一面緑のジャングルです。

わたしのことを、みんなが知っているのをどう思うかですって？　まあ、慣れてくるもので、ぜんぜん気にしていません。わたしがちょっとむずかしいと思っていることは、人がやってきて、親切でやさしい言葉をかけてくれると、わたしは、きらきらと目を輝かせて、うれしそうに見せなくてはならないことです。そう、親しく思ってくださるのはありがたいのですが、ちょっと疲れます。

サラが、聖霊降臨祭を思いっきり楽しむようにと、望んでいます。そしてすばらしく、よろこびに満ちた夏になりますようにと祈っています。

兄は、一応今はいい状態です。

アストリッド・リンドグレーン

[一九七三年夏　イタリアにて]

こんにちは！（わたし、サラです！）

わたしは、長いあいだここに座って、景色を眺めています。そしてわたしは、ありがとうという気持を表わすいい方法が見つからないので、もうすぐ気がおかしくなっちゃいそうです。

でも、こんなふうに書き出します——

一、わたしは、本当に驚きました。

二、そして、胸が熱くなっています（表現するのに、もっとふさわしい言葉が見つけられないので）。

三、そして、考えました：本当にこれを受け取っていいのか、それとも送り返した方がいいのか。

でも、すごくうれしいので、送り返さない。

四、天から落ちてきたようでした。ちょうどお金に困っている時でしたから。それに、どうでしょう、ぎりぎり出発前に届いたのです！　手紙が届いたときには、わたしはすでにウルリスハムンに戻っていたのですが、おばあちゃんが、ウルリスハムンの住所に書き直して、再投函してくれたのです。出発する前の日に届きました(だいたい朝の四時に届いたのです。そしてその日は、わたしのお誕生日！　なかなかですね！)

あなたは、生まれつき親切なのか、それともなんと呼べばいいのかと思うのですが、親切だからお金を送ってくださったのですね。ちょっと悪いと思うのですが、とにかく、このことで、あなたはたぶんひどく貧乏にはなられないでしょう。まさかと、本当に驚いたけれど、人は、完全にこの世におさらばするまでには、たくさんの物をいただくことになりますね。

わたしのお礼が遅くなったことで、わたしが失礼な子だと思わないでくださいね。でも、わたしが言い訳をするのをわかってくださらなくてはなりません。まず、ヴェニスを見てからと考えて、そのとおりにしたからです。

ヴェニスは、どこもかしこもまるで夢のようだと思いました。(わたしが見たところですが。)あなたは、すでに知っているので、何を書けばいいのか思い浮かびません。最後の瞬間になって、結局独裁者のわたしが、ゴンドラに乗ろうと決めました。思っていたのとは、ぜんぜん違いました。ヴェニスで、たくさんの絵葉書を見ましたが、本物と比べたらまるで別物ですね？　ヴェニスにたった一日しかいられなかったのは、なんて残念なことだったのでしょう。ここだけに、もっと長く滞在したかったです。ヴェニスでは、婚約していなくちゃ。婚約しているのが、ぴったり。

それに、ガルダ湖(1)のそばのリモネという村にも滞在しました。イタリアの村がどんなだったかを、わたしは書き表すことが出来ないので、あなたが知っておられるようにと願っています。今でもなお、あのような美しい村があるなんて、信じられません。

それにお日さまが照っていれば、もっとよかったのですが。そしたら、こんがり小麦色になって帰れたのに。今のところ、天候にはがっかりしています。これって、我が家の典型的なもので、案の定、予想していたとおりだと、どうしても思ってしまいます。他のみんなは、休暇のあとは、小麦色で帰宅するのに、わたしたちは違うのです。よその人が、こっちをバカだと思わないかといつも恐れているのが、どんな感じなのかは、あなたにはわからないでしょう。自分自身を呪いたくなります。わたしは、人がいるところに、いるべきでないのかと感じています。だから、わたしはいつも満足できないのです。

でも、もちろんいつもってわけじゃありません。お金をありがとうございました。考えてはおられないと思いますが、とにかく、これ以上わたしに何もくださいませんように。でも、もし何かほしいものがありましたら、さしあげたいので、どうぞ言ってください。それが何かを知るのはむずかしいです。

さようなら！

（1）ガルダ湖――北イタリアにある、イタリア最大の湖。

［一九七三年夏　マリエフレード］

この手紙が、まだ思っているようには書けていないのが、残念です。

これは、一通のとても悲しい手紙ですので、あなたがうんざりしたり、わたしをバカだと思ったりしないでほしいと願っています。そんなことになれば、わたしは、傷つくでしょう。もっと他のことに気が向けばいいのですが。あなたはたぶん気付いているでしょうが、わたしの最大の欠点は、エゴイストであることと、排他的なところがあって、とても陰気になることです。あなたには、たいていわたしの二面を見せています。この手紙も、残念ながら例外ではありません。つまり、**本題に入る前**に、お話ししなくてはならないことがあります。（たぶん長くなるでしょう。）

つまり、わたしは、キャンプ施設ヒスタにきて一週間ほどになりますが、ここは、何もかもすばらしく、みんなも信じられないほど親切です。本当のところ、こんなに親切ですてきな人たちに、一度に会えるなんてまったく思っていませんでした。もし母がいいと言えば、わたしは、八月の二二日までここにいて、演劇コースで、自分に役立つようなことを学んで、履修証明書をもらうつもりです。先生たちは、演劇関係に影響力のある人をたくさん知っていて、演劇学校に入るのを手伝ってくれると、ほとんど(実質的に)約束してくれました。それって、よろこびと感謝で死にそうじゃないですか。

キャンプで最初に参加したのは、創造キャンプでした。(乗馬と航行術と夏期講習があります。)恐ろしく神経質になりましたが、最初だけでした。あとから、一六歳の女の子(シャスティン)が来て、残念ながら、ふたりで部屋を使うことになりました。彼女は、いわゆる、ちょっとのろまと呼ぶようなタイプで、精神的にも肉体的にも病んでいて、わたしよりも陰気でエゴイストでした! 最初、わたしは、彼女に対してすごく忍耐強く(ちょっと自慢げでしょう)、付き合っていました。たとえば、毎晩かなり遅くまで、彼女が自分の問題や病気のことを話すのを、ちゃんと聞いてあげました。寂しさや、うんざりすることや、理解のない人たちのことなど。でも、彼女は、昼間は何もしゃべらないの。どんなことも、文句以外は、しゃべらないんですが、軽い咳が出ても、彼女にとっては、ほとんど悲劇的な最期のようになっちゃうんです。何か役立つことを手伝うなんてことはまったくないし、よろこんだりもしないし、楽天家でもないし、彼女のために何かしてあげても、だめなんです。もちろん、彼女には、かわいそうなことですが、もう絶望的だし、自分では絶対に努力をしません。わたしは、何度も聞きました。「何に興味があるの、自分の人生をどうしたいの?」答えは:「**なんにも、わかんない。**」です。これほど親切な人はいないというぐらい親切な人たちや、とても知的で理解があり、「こんなシャスティンのような女の子」に慣れている指導者たちも、さすがに彼女にはうんざりして、わたしと同じ考えです。彼女は、わたしたちへの配慮もないし、自分だけが一番大切なのではないということがわかっていません。

イランから来た一六歳の女の子マリイと二、三回手紙の交換をしたことがあるのですが、彼女がここにいることで、悲しいことが始まりました。マリイは、わたしの、今までで一番かわいくて、一番やさしい友だちです(たぶん)。

そして、ハンスという一七歳の男の子のことですが、最初わたしはかなりつまらない男の子と思っていました。あなたは、きっともうおわかりでしょう。彼は、わたしが会った中でもっともすばらしい人物です。言い表わすことが出来ないほどやさしく、楽しく、思いやりのある人です。すごく知的で、かわいいのです。面白くて、愉快なんです。カヌーのことから、政治のことまで話せるし、わたしは、退屈なんかしないで、何時間でも話していたいと願っているのです。ハンスは、ここ数か月間、こんな男の子がいればいいのにと思うけれど、現実にそんな男の子っているのかしらと、疑っていたような男の子にまさにぴったりなんです。

ハンスとマリイが、ある夜、外でずいぶん長いことしゃべっているのを見て、初めて気づいたのです。わたしの気持とは違うのですが、ハンスとマリイは、何から何までぴったりのカップルだと認めざるを得ません。

次の日、わたしと何人かの女の子は、マリエフレードまで自転車に乗っていき、グリップスホルムでスケッチをしました。最後は、わたしとマリイのふたりになり、わたしたちは、個人的なことまでしゃべりました。マリイが、イランの家にも、おばあちゃんと住んでいるストックホルムの家にも遊びに来てと、誘ってくれました。そしていろんなことをいっぱい話しました。でも、ほとんどハンスのことでした。ハンスのことでは、わたしが思っていることときっちり同じことをマリイが思っているのは、悲惨でした。わたしたちは、何があろうと、ふたりは友だちだということと、他の人には言わないことを決めました。けれど、ハンスはわたしともよくしゃべってくれるけれど、マリイとは、ますます一緒にいるようになりました。わたしとハンスは、とくに考えが同じなんです。ハンスは、わたしが信じていることを同じように信じている、わたしが知っている限りでは、たったひとりの人です。つまり、聖書とその教えは限りなくすばらしいけれど、キリスト教はちっとも良くないし、教会は堕落し、すべて間違った解釈を伝えているというものです。

ある晩、みんなが寝ようとしていた時、ハンスがマリイに、明日の朝六時半に泳ごうと誘いました。わたしは、もう自暴自棄になり、ひとりで飛び出し、自転車に乗って、真っ暗で、土砂降りの雨の中、雷まで鳴っているのに、ペダルを踏みました。どこへ行くのかも考えずに、男の子のことで、こんなに絶望的になったのは初めてで、心の底から泣きました。孤独で不幸だと感じましたが、こんなふうに感じられるのは、幸せでした。少なくとも二時間は自転車をこぎ、全身ずぶ濡れになって、一一時ぐらいに、憔悴しきって戻りました。その時は、泣いていませんでした。完全に空虚で、感情まで冷え切っていたのです。

でも、もちろんわたしがよく眠れたとか、自分の問題のことで悩んだとは、あなたも思ってないでしょう？　シャスティンにつかまって、夜中の二時まで、彼女の悩みに付き合わされたの！！　たくさんのホルモン噴出のせいで、シャスティンは発情期に入るのが早すぎたのです。それなりにかっこいい男の子を見るだけで、大いに刺激されてしまうのです。その時、突然はっきりわかったのです。

「それって、ハンスのこと?」と、わたしは、聞きました。ハンスのこと**でした**。でも、ハンスだけじゃないのです。男の子ならだれでも、女の子でさえオーケーだし、自分の父親だって……!

彼女は、満足させてほしいだけです。わたしは、自分が思っていることは言いませんでした。聞きたかったでしょう、愛しのシャスティン。わたしは、何度も、疲れていて寝たいと言いましたが、彼女はエロティックな気分になると、とめどなく話し続けるのでした。さっきも言いましたが、夜中の二時頃に、わたしは、寝袋を取ってきて、寝るために食堂の床に横になりました。シャスティンがやってきて、部屋へ行こうと言いました。わたしは、断りました。不思議なことに、彼女はあきらめました。

そして、昨日の夜、マリイとハンスは一緒でした。わたしは、涙目だし、シャスティンはふくれっ面でした。だれが見ようとくそくらえだとばかりに、わたしは泣いてしまいました。悲しみの中で、ハンスは、わたしにやさしかったです。**わたしは、このキャンプのことは絶対に忘れません。**多くのことを教えてくれました。

一九七三年　七月三一日

サラ、わたしのサラ。お手紙ありがとう。ぜんぜん、そんなことないですよ。わたしはサラの気持に、うんざりしていないし、サラのことをバカだなんて、思っていません。その反対です。わたしは、とてもよくわかっていると思っています。およそ五、六〇年も前のことになりますが、わたしも、サラとだいたい似たような立場に立たされました。アン－マリという一番親しい友だちと、ふたりで、アランという男の子を同時に好きになってしまったのです。わたしたちは、友情を損ねないようにしましたが、わたしは時々悲しい思いをしました。というのは、アランは、明らかにアン－マリの方を好きだったからです。わたしが好きになる人は、別のだれかを好きになってしまうと、**いつも**思っていました。そして、一〇代のあいだじゅう、自分を好きになってくれる人は永遠に現れないと絶対的に確信していました。いやいや、実際のところ、若いというのも楽じゃありませんね。エルマール・セーデルベリイ[1]という作家が、一〇代のむずかしさを言っていますが、多くの人が賛同すると思いますよ。

サラは、普通以上のむずかしさを抱えているようだし、同部屋にあなたと合わない友だちが来たのなら、良くなりようがないですね。そのハンスという男の子は、きっと賢くて、すてきな男の子にちがいありません――大変な最中であっても、サラが、そんなすてきな男の子を好きになったというのは、幸運なことです。ハンスがたいていの男の子のように、他人を傷つけても平気な人だとわかったら、いやでしょう。サラが、今泣いていることのすべてが、いつかなくてはならなかった貴重な経験になると、思います。そして、サラも、マリイとは友だちでい続けてほしいと願っています。アン＝マリとわたしは、それからもずっと仲良しだし、困った時には、互いに助けあっています。アランは、もうずいぶん前に亡くなってしまいましたが、アン＝マリとわたしは、今ではライバルだった頃のことを、笑って話せます。でも、その渦中にある時は、確かに笑うことなどできません。

演劇コースへ行けるようになったのは、よかったです！　いくつかは別として、キャンプはどれも楽しかったようですね。結果がどうなったかを、また書いてくださいね、お願いね。

わたしが学校を卒業してから、五〇年も経ったなんて、想像できます？　クラス会があったのですが、やれやれ、みんなそろって年寄りになってしまって。それでも、楽しかったわ。そのあと、「家庭ジャーナル」(2)に、ろくでもないことがたくさん載っていて、本当じゃない、でたらめなことばかりがいっぱい。週刊誌に書かれていることは、ほとんどでたらめって、知っていましたか？

ここのところ有益なことは、何もしていませんが、それがとても快適です――何も書いていないという意味です。サラも知っているあの本(3)は、原稿を書き終えました。一一月頃に出版されるでしょう。今は、たいてい孫のところで、彼らを見ています。みんな一日中、泳いだり、ヨットに乗ったりしています。今日は、四人が小型ボートで、わたしのフルスンドの桟橋へやってきて、わたしはよく知らないのですが、何か良くないことがあったのか、「くそっ」とか「ちくしょう」とか、「バカ」なんてのが聞こえてきましたが、やがてまた桟橋を離れて、見えなくなってしまいました。

サラは、いくつになりましたか？　一四歳のお誕生日は、もうすみましたか？　それとも、もうすぐかしら？　ところで、お誕生日は、いつでしたか？

わたしの友、これを我慢せずに読んでくださいますように。サラが少しでも気持よく過ごせますように。辛抱して、成長して、強くなって、さあどんな大人になるでしょうか？

様子を、また教えてね！　さあ、もう夜だから、眠ります。バイバイ！

アストリッド

いいえ、サラが、自分で思っているだけで、わたしは、サラがエゴイストだとは、思いませんよ。

（1）エルマール・セーデルベリイ――一八六九―一九四一、スウェーデンの作家・ジャーナリスト。
（2）「家庭ジャーナル」――週刊誌、一九七三年二八号。
（3）サラも知っているあの本――『はるかな国の兄弟』のこと。

［一九七三年　八月］

こんにちは、そのアランとのこと、なんという偶然の一致でしょう。最後にはうまくおさまってよかったです。それに、わたしがハンスのことをもう思わなくなったのは、なんてラッキーでしょう。こんなに早く気持が冷めてしまったなんて、いまだに驚いています。たぶんわたしが何も感じなくなったからでしょう。ハンスは、もうだいぶ前に家へ帰ったのですが、昨日彼から葉書を受け取りました。ええ、怪しいだなんて考えないでね、ヒスタから何人かでストックホルムへ行き(わたしにとっては、初めてのことでした)、ベルマン[1]・フェスティバルのためだったのですが、そこで、四枚の葉書を買って、葉書が折れたりしないようにと、ハンスの書類カバン(ブリーフ・ケース)に入れてもらっていたのです。(これは、よかったです。)ハンスが、一七歳で書類カバンを持っているのに驚きましたが。とにかく、ハンスは、葉書を二枚送ってくれたのです。マリイとわたしは、もちろん友だちです。いつか彼女のイランの家へ行けたらいいのにと期待しています。

ハンスから葉書が届いた日、彼とのことは、悲しく思ったのですが、その日はたまたまそんな気分だっただけかもしれません。つまり、その前に、わたしは、ジュースを振り回して、壁紙を汚してしまったのです。ここでは、みんなしょっちゅうそんなことをしていて、水や、サワーミルクや、ジュースをお互いにかけあっています。壁紙を汚すつもりはなかったのに、結果的にそうなってしまっただけです。

長い休憩

さてさて、男の子たちが、ジュースのついたヘアブラシを洗えと、くどくど言うので、手紙を書くために、さっきからずっと森へ逃げてきています。(蚊にいっぱい刺されています!)

おまけに、わたしの〝面倒な同部屋の友だち〟(お話ししていましたね)が、たぶんわたしの一〇クローナものお金を自分の財布に入れて、家に帰りました。キャンプの人たちにとって、あまりにも厄介な存在になってきたので、帰らなくてはならなくなったのです。

残念ながら、演劇の勉強はあまりできていません。演劇に興味がある人が少ないからです。たったひとつわたしが学んだことは、ことによるとわたしは、演じるのがすっごく下手くそだから、話し方を学ぶために、猛烈に勉強しなきゃということです。

でも、ヨットに乗ったり、乗馬をしたりもしました。

演劇の先生は、すばらしくて、おもしろいです。わたしは、「エクスプレッセン」誌の「バラ」欄(2)に、彼女のことを書いて、送りました。今年は、たぶん彼女の所で、職業体験学習ができるでしょう。

ある女の子は、四年間オペラ座で踊っていて『マリイが、フレッドリックと、ロバのルーベンスと、カンガルーのプロイに出会って……』とか、何か別の演目でも主役を演じています。

そして別の子は、『どこにいるの、ママ』だったかの劇に出ています。

わたしは、あなたのクラス会のことを広告で見ましたが、週刊誌は読んだことはありません。でも、ちょっと嘘っぽい感じがしました。

(こんなみっともない紙で書いて、ごめんなさい。残念ながら、これしかなかったのです。)あなたの本が出版されるのを、首を長くして待っています。
まあ、まあ、まあ、「サラ、一三歳」と、手紙に書いたのは、ずっと前のことです。
わたしは、あなたから、一万リラを受け取った日に、一五歳になりました。
でも、わたしは、年齢よりも子どもっぽいです。
わたしが、エゴイストでないなんて、うれしい——でも、そうなんですよ。
だめ、もうすぐ、蚊で死にそう。

さよなら、サラ。

(1) ベルマン——カール・ミカエル・ベルマン、一七四〇—一七九五、スウェーデンの詩人。
(2) 「エクスプレッセン」誌の「バラ」欄——新聞の読者が寄稿できる、「ムチとバラ」欄があり、ムチには、人を責める言葉が書けるし、バラには、いいことをした人のことや、お礼や感謝の言葉が書ける。

［一九七三年　一〇月二二日］

アストリッド・リンドグレーンさま。あなたの本『はるかな国の兄弟』を、読みました。この本、大好きです。どんなふうに感じたかは、うまく説明できませんが、すばらしいです。送ってくださって、ありがとうございました。いただけるかもしれないと、ほぼ信じていたのですが、とにかく、ちょっと厚かましいですが、送ってくだされぱうれしいなと、期待していました。

「ダーゲンス・ニイヘッテール新聞」に載った、この本についての書評(批評かな?)を読みましたが、あなたもきっと読まれたことでしょう。もし、わたしがこの書評を正しく理解しているとすれば、これは、わたしの粗末な語彙で言うと、バカげています。もし、そうでないとすれば、意識していようと、無意識であろうと、ある意味で、みんな、ある種のナンギヤラ、あるいはナンギリマを信じていると思います。そうでなくては、どのようにして、わたしたちは、不幸や悲しみに耐えて、幸せに生き続けられるでしょう。

一五ページに、こう書いてあります。「あのナンギヤラのことが、ほんとでなかったらどうだろう、という気がしたんです!」 クッキー[1]が不安に思っているところです。

意図されていたのかどうか、わかりませんが、この文章から、わたしも、ナンギヤラがなかったらと、とにかく恐ろしく、むなしい気持になりました。

でも、あなたは、ナンギヤラやナンギリマの世界があるというおつもりなのか、それとも、クッキーが空想しているというおつもりなのかどちらでしょう? わたしは、あなたがそんな世界があると意図して書かれているようにと願っています!(当然、本の中のお話ですが、わたしの言っていることをおわかりいただけるなら。)たくさんの子どもが、クリスマスプレゼントに、『はるかな国の兄弟』が、もらえるように望んでいます。

ところで、今、ヴェキショーにある演劇研究所で、職業体験学習をしています。すっごく楽しいです。ありがたいことに、あと一週間残っています。わたしたちは、たいてい学校演劇の人と一緒に出掛けています。昨日は、モリエールの『守銭奴』で回ったのですが、自慢できることがあります。もうひとりの職業体験学習の子と一緒に、ホルゲール・レーベナドレール(2)とイサ・クウェンセル(3)に、花束を渡せたことです。これがあなたに自慢することになるかしら！　部屋に入るまで、わたしたちは、すっごくびびっていました。わたしが、愛しのホルゲールにぶつかりそうになった時、ホルゲールの特徴のある有名な眉毛が天井へと跳ね上がり、彼は、それから大声で叫んだんです！　イサ・クウェンセルに向かって叫んだようでした。

「彼女は、トイレに行きましたよ。」と、わたしは言いました。

わたしたちは、花束に添えるカードを忘れたので、いったん戻らなくてはなりませんでした。でも、また部屋へ戻ってくると、そこで、俳優さんたちが、みんな揃ってごはんを食べていたので、わたしたちは、入ることが出来ず、かなり長いこと外で待ちました。うまい具合に、わたしたちの知っている俳優さんがふたり来たので、一緒に中へ入って、写真を撮りました。

はい、あなたの言うとおりです！　めちゃくちゃ子どもっぽい……。

たぶん、ご存じでしょうが、ペール・オスカーション(4)の映画、『エーボン・ルンデン』が、いよいよ封切られました。続けて自慢をすると、映画にちょっと出ていた人で、夏のキャンプで、演劇の先生だったグンレグ・エルランドソンが、彼女の元の夫と、ベンチに座ってキスをしていたのを見ました。

『白い石』を、もう見ましたか？　わたしが、ユーリア・ヘーデ(5)だったら、よかったのになあ。ユーリアは、なんてかわいくて、なんて上手に演じているのでしょう。わたしなら、きっとこれほど上手に演じられなかった気がします。残念ながら。

（しまった！　なんて残念なショック。今日、あなたのテレビ番組を見逃してしまった！）

サラ・ユングクランツ

本を、ありがとう、ありがとう、**ありがとう！**

(1) クッキー――作中の兄弟の弟の呼び名。
(2) ホルゲール・レーベナドレール――一九〇四―一九七七、俳優。
(3) イサ・クウェンセル――一九〇五―一九八一、俳優。
(4) ペール・オスカーション――一九二七―二〇一〇、俳優。
(5) ユーリア・ヘーデ――一九六二―、俳優。

[一九七三年　一一月七日]

もしも、ご自分のことで心配なことがある場合は、この手紙を読まないでください。何が書かれているか、まだご覧になっていないのですから。なんてたって、おもしろくないし、深く考えたとは言えないのです。あなたが、これを読んだとしても、あなたの心配事は解決されずに、きっと残っていることでしょう。でも、ご注意いたしましたよ。

よく考えずにさっさと書きます。わたしが、あなたに書くというのは、たんなる偶然ではありません。でも、この際、わたしの悩みであなたがうんざりするのが、わかります。だから、止めたいとお思いなら、ここで止めてもいいと言っておきます。

自分で、どうしていいかわからないのです。

おばあちゃんとわたしは、どんなことでも、すぐけんかになるのです。ふたりとも、物事についていつも自分が正しいと思ってしまうのです。次から次へと、どんどん激しくなっていきます。わたしが、思っていることは、(一)わたしは、正しい。(二)いったい、どうすれば、おばあちゃんにそう思わせられるか?(三)この状態では、おばあちゃんを憎んでしまいそう。それに、おばあちゃんも同じように思っていることがわかっています。でも、神さま、おばあちゃんの言うことは、まったく奇妙なんです。(わたしの言うことを、おばあちゃんが奇妙だと言うのです!)

それに、けんかの最中に、おばあちゃんは、泣きだすんだから。もちろん、泣かれると、悪いことをしたと思って、憎たらしい気持の代わりに、突然やさしい気持になります。でも、おばあちゃんはそんなことを知りません。わたしは、今も同じように思っているのですが。けれども、それ以来、おばあちゃんは、夜通し(ほとんど)眠れなくなったのです。そうなんです、とにかく、こんなけんかがずっと続くなんて、絶望的です。

あなたが想像する以上に、おばあちゃんはかわいそうです。でも、ああ、神さま。

やれやれ、ついに思っていることを書いてしまいました。もし、出来るなら、この手紙を捨ててしまいたいほどです。

いいえ、結局、捨てません。

サラ・ユングクランツ、ホーラリッケ

追伸:見かけほど簡単ではないのです。こんな機会に、いったいどういうことなのかを、正確に人がわかるように書ければと望んでいるのですが。あなたがお考えになっているよりも、もっと複雑で、ひどいのです。

サラ

追伸:この手紙をすぐに捨てて、書かれていることを全部忘れてください。自分のために書いただけです。

サラ

追伸：まったく別のこと。俳優のモニカ・ニールセン(1)と、ピエール・リンドステッド(2)に、会いましたが、どうってことはありませんでした。

(1) モニカ・ニールセン――一九三七―。
(2) ピエール・リンドステッド――一九四三―。

一九七三年　一一月一八日

こんにちは、サラ。こんなに暗い日曜日の午後は、ちょっとサラに手紙を書きたくなります。前に書いてから、だいぶ経っていますね。

もし、われわれみんなが、「どういうことなのかを、正確に人がわかるように書ければ」すばらしいでしょうよ。でも、そうはいかなくて、死ぬほど頑張って書いても、まだ書きたいようには書けないですね。

確かなことは、すべての物事には、少なくとも二面があることです――おばあちゃんは、自分が正しいと思い、サラが言うことは奇妙だと思っていますし、サラは、自分が正しいと思い、おばあちゃんの言うことが奇妙だと思っています。あなた方の口論の具体的な内容がわからないので、どちらがいいとか悪いとかの判断は出来ませんが、サラも判断してなんて頼んでいませんね。サラは、うっぷんをはらしたいだけでしょうから、わたしには、好きなだけ思っていることを書いてください。わたしが、サラのことに興味を無くすことは絶対にありませんから。高齢者と若者は、確かに違った見解を持つでしょうが、いつもいつもけんかをしているのではなく、穏やかな時もあってほしいと、心から願っています。サラは、書いてくれていますね、時にはおばあちゃんを憎たらしいと思うことがあるけれど、おばあちゃんが泣くと急に憎しみの代わりにやさしい気持になるのだと。「でも、おばあちゃんは、そんなことを知りません。」とも、書いています。なんとか、そのことを彼女に知ってもらえるようにはできませんか。もし、サラがその愛情のことを話したら、おばあちゃんにとって――そしてサラにとっても、すばらしいことになると思いませんか？　今サラは、「ほらっ、見てごらん。物事を他の人がきっちり正確に理解できるようには書けない。」と、考えているでしょう。まあまあ、確かにそうでしょう！　でも……わたしは、サラがホーラリッケで楽しく過ごしてほしいと切に祈っているのです。そしてあまりしょっちゅう口論がなければいいなと。その家では、サラとおばあちゃんだけが暮らしているのですか？　それともいとこたちも一緒なの？　家に他の人もいるのだとすれば、その人たちとはどうなのでしょうか？　以前、おばあちゃんを、一〇〇パーセント信頼していると書いてくれていたので、すごくいいなと思っていました。もう少しくわしく教えてください、お願いです！

それに、この季節は、人間関係が、きわめて面倒です。「ニーフェムヘムの人々」(1)では、人々にとって、邪悪で怒っている言葉は身近なものですが、やさしくて温かい言葉は理解しにくいのです。それは、ニーフェムヘムのことだけではないのでしょう。

サラ、わたしのサラ。お元気でね。楽しい日々をお過ごしください。

また、お手紙ください。

アストリッド

(1)「ニーフェムヘムの人々」——オスカー・レベルティン(一八六二—一九〇六)の詩、北欧神話の氷の国が題材。

[一九七三年　一一月あるいは一二月]

こんにちは!

この前の手紙で、あなたは、わたしとおばあちゃんのけんかに無関心ではないと、書いてくださいました。そんなことを言ってくださって、ありがとう!　たぶん、つまらない手紙を書いているだけだからと、書くのを尻込みしていたのです。これからお話しすることも、きっとつまらないと思われるでしょう。でも、この機会を逃さず書くことにします。

わたしの頭からはなれないある人のことですが、リアトルプという村に住んでいる、五〇歳ぐらいのおばさんです。去年亡くなったおじいちゃんのいとこなのですが、そのことを知っている人は、そんなに多くはないと思います。でも、一方エーネリイダとリアトルプでは、みんな知っているし(もちろんですね)、かなりの人が確実に、彼女のことをどんな人物なのかわかっています。彼女は、リアトルプの土地の半分(と、言われています)、エルムフルトの家、それにリアトルプとエーネリイダのあいだにある森すべてを所有しています。そして、彼女は、けちでがんこです。まるで、ど貧乏のような暮らしをしています。たとえば、どんなに遠くても自転車で行きますし、家や森の手入れも自分でしています。家族もいないし、友人もいません(と思います)。自分の生涯をすべて、病気の兄と母に捧げてきました。今はふたりとも、エルムフルトの病院で寝たきりになっていて、完全にぼけています。かわいそうな、お金持ちのグンヒルド(苗字はスベンソン)、楽しいことはそんなになかったことでしょう。彼女の父親は、彼女が一四、五歳の頃に亡くなっています。ただ、わたしが、かなりうれしくなったことがあるのですが、それは、グンヒルドが、あるお医者さん(リアトルプに住んでいたプリップ先生)と、〝関係〟があったということを、リアトルプとエーネリイダの人たちはみんな知っているとわかったことです。残念ながら、プリップ先生は四、五年前に亡くなっています。夜になると、グンヒルドはプリップ先生の家に行き、朝になると帰っていたというようなことを、村人はずっと長いあいだ噂していたそうです。でも――つまらないことに――そのお医者さんの家政婦が、おばあちゃんに、ただの根も葉もない噂だと、言ったのです。かわいそうな、ひとりぼっちのグンヒルド。わたしは、おじいちゃんの八〇歳のお祝いなどで、何度か、彼女に〝会った〟だけですが、グンヒルドはクリスマスプレゼントをもらうのかなとか、彼女のお葬式にはだれか行くのかなとか、どうしても考えてしまうのです。

ええ、これは実際にわたしが心配していることです。人間の悲劇だと認めてくださいね！

まったく別のことです——わたしの気持を表わすために、書いたものを、送ろうかと思ったのですが、バカげているとか、そうでないとか、あなたがどう思われるかをおたずねしたいのです。でも、今、これを読んで、あなたがすごく下手くそと思われたなら、お送りしません。

今晩六時間以上眠るために、ここで止めます。さよなら！

サラ・ユングクランツ

追伸：何日か前から、好きだと思っています——ある先生を！
どんなに非難されても。でも、今は、ありがたいことに、普通の状態に戻っています。どの先生もみんな大嫌い！

［一九七三年　一二月一二日］

わたしの金色のおしろいちゃん[1]。お手紙、ありがとう。サラは、ぜんぜん、つまらないことなんか、書いていませんよ。かわいそうなグンヒルドも、上手に描写できていました。グンヒルドは、自分ではちっとも思っていないでしょうが、虚しい人生を送っているとしか思えませんね。サラと同じように、その医者と本当に関係があったらと願うばかりです。そうすれば、少なくともなんらかの人間的な接触や、思い出が残っていますからね。ああ、ああ、人間の悲劇はたくさんあり、ほとんどが悲惨なものだとしょっちゅう思います。

とりあえず——そんなにいいと思わないものも含めて、書いたものを送ってください。きっとサラが書いたのは、いいと思いますから。

ちょうど今、窓の外の空は、表現できないほどきれいに澄みきっていて、地面には雪があります。美しいです。きっとエーネリイダでは、もっと美しいことでしょう。

さて、わが友、あなたにとって、楽しい、楽しいクリスマスとなりますように。そしていつも、いつもすばらしい、すてきな新年となりますように。

さよなら

昔からの友、アストリッド

(1) 金色のおしろい——蝦夷猫目草、ユキノシタ科。一五センチ程の多年草。鮮やかな黄色の苞葉(ほうよう)に囲まれて、茎先に小さな花をつける。ネース農場の隣の牧師館の裏では、春先になると〝金色のおしろい〟と呼ばれるこの花がいっぱい咲き、アストリッドも大好きだった。

[一九七三年 一二月]

こんにちは、お葉書ありがとうございました。ちょこっと自信がついたので、書いたのをノートから切り離しました。読んでも、読まなくてもいいです。これからは、こんなふうにしましょう。わたしが出来が〝いい〟とか〝悪い〟とかを言うことではないのは、よく承知しています。だから、あなたも、〝おもしろい〟とか〝そうでない〟とか書かなくてはと思わなくてもいいのです。でも——もし、あなたが(予想に反して!)、たとえば、ちょっといけるとか、まあこんなものだと思われた時には、送り返してくださると、**ありがたいです**。でも、その場合だけでいいです。(わたしは、必要以上に内気ってわけじゃありません!)どっちみち、恐ろしく、たいくつで、暗いものです。

今は、たいくつで、暗いのとは、**正反対**の気持なんです! きっと嘘っぽくて、滑稽に聞こえるでしょうが、想像でも誇張でもなく、本当なんです。

大人の男の人(既婚)をすごく好きになってしまって、もう夢中なんです。今は、「なんという、たわごとを、はっはっ」なんて、考えないでください。わたしは、言葉が足らないのだと言いましょう。何か大切なことを描写しようとする時、言葉は、あまりにも取るに足らない、まぬけなものになります。でも、わたしは最後にこんなに幸せで、うれしかった時のことは思い出せません。来る日も来る日も、わたしは、どの人にもにっこりしています。**そして、学校が嫌いで、精神科医のところへ行くようなわたしが、学校を恋しく思いはじめているなんて！！！！！** 残念ながら明日は、休みを取って、ウルリスハムンへ行かなくてはなりません。そして、学校は、あと二週間もしなくては始まりません。

それに、わたしは、元々彼のことが大嫌いだったのです！ わたしは、彼と、口汚く言いあって、ひどくしかられ、疲れ切ってしまい、クラスじゅうの人が彼を嫌っていました。今彼は、わたしを奴隷のようにあつかい、わたしは、彼を神のように崇めています。わたしが、ようやくきちんと、行儀よく、かわいくなりだしたので、彼の方も今までになく、やさしいです。ほんのちょっとした言いあい(それがしょっちゅうあるのですが)をしてもうれしくて、そのあとは何時間も歓声をあげています。今日わたしは、かなり念入りにおしゃれをして、きれいに見えるようにして、かっこつけました。友だちのひとりが、彼はちょっと気があるみたいだった、すぐにわかったよと、言ってくれました。この友だちでなかったら、わたしは鼻をならしたでしょうが、嘘だとわかっていても、すごくうれしくなりました。ああ、あなたには、想像も出来ないでしょう。

わたしは、〝不幸〟な恋をしなくてはならないのです。でも、実際には、わたしは〝不幸〟ではありません。

それに、自分のことをフェミニストと呼んでいたわたしが、心の底では、きっと男に支配されたいのだと、はじめて認めます！！！

気がおかしくなっているのです！


あらら、この手紙、すごく変！

タイプライターで打たなくちゃ。

ではまた。

メリー・クリスマス、そして、よいお年をお迎えください！

サラ・ユングクランツ
ウルリスハムン

同封されたもの：
わたしが、真実を生きていないようにさせているのはなんなのか、長いあいだ悩んできました。

わたしの考えでは、嘘や失ったアイデンティティまで関連していると思います。わたしは、わたし自身でありたいのです。でも、わたしは、だれなのでしょうか。わたしは、いまだに、自分自身を知っているという人をひとりも知りません。いえ、それでも、ひょっとすると、知っているのかもしれません。ことによると、ほとんど自分自身であるという人を知っているのです。わたしが好きだというのは、そういう人たちだけです。たったひとつ、わたしがわかっていることがあります。自分の魂を決して見せない人を好きになることは絶対にないということです。魂を見せる人はとても少ないです！

わたし自身、どれほど多くのものを見損ない、経験せずにきたことでしょう。それは、無限にたくさんあり、決して知ることが出来ないほどです。でも、世間は、わたしの中にだけあるものを、見損なっていることを、想像も出来ないのです。そう、わたしの嘘や、ぞっとするほどひどい外見の中に、何かがあると、わたしは思っているし、かつてあった何かが今も残っていることを願っています。それはたぶん、わたしを人間らしくしている魂や感情で、それを見つけて、いつも持っていられたらいいのにと思っています。そうでなくては、わたしが好きになっても、だれもわたしを愛し返してくれません。そして、わたしもわたし自身を愛せなくなります。わたしが、自分の中には何もない、もうだめだと思い始めることのないよう、わたしは、書かなくてはなりません。もしわたしが、そう信じだしたら、もうすでに自分自身ではなくなっています。だから、それは間違っていて、正しいことは正反対のところにあるのだと、自分を信じこませなくてはなりません。

わたしは、知的です。わたしには、思いもよらない知性があるのですが、それを証明して、利用しなくてはなりません。今まで、それをせずにきました。（自分に、思いこませてきました。）

でも、このことは、はっきりしています――実際、わたしは本当には賢くありません。でも、本当に賢くなく、同時にとても知的だとしたら、まさに理想的な組合せだと思います。

そのとおりでしょう！　今じゃ、わたしは、親戚中が、わたしのことをバカだと思ったとしても、もう気にしないでいいと、自分に言い聞かせています。（当分のあいだ）

彼らは、みんな、認めるでしょう。愚かな人たちよ――ある日――自分たちが、どんなに間違っていたかを。認めればいいのよ！

わたしは、だれも、わたしのことをじろじろ見ないところへ行けたらいいのにと思っています。彼らの叱責が、間違っていようと、的を射ていようとどちらでもいいのです。とにかくわたしは、同じように憎んでいるのですから。わたしは、言いたいの。放っておいて！　わたしは、自分の欠点を知っていますが、くそっ、あんたたちに、関係ないでしょう。つまり、わたしは自分の自信を得るために最善をつくしていて、そのあいだわたしは、自信があるようなふりをしているのです。

復讐のために、あんたたちを殴れたらいいのに。殴れたら、どんなにすっきり気持がいいことでしょう。でも、わたしが一番強いのは、夢の中だけなの。あんたたちは、自分たちがどんなにひどいかを知らないのです。

もし何があっても、いつも、いつもわたしを支えてくれる人がいれば、よかったのだけれど。わたしの代わりに、あんたたちを殴ってくれるだれかがいれば。その時は、どんな殴られ方をするのかしら。わたしは、どんなに幸せでしょう。

夢のような望み。

そして、その時わたしは言いました。

「わたしは、ひどいの、それが、わたしよ。わたしは、いじわるで、エゴイストで、他の人のことなどまるで考えず、自分が良ければいいと、自分のことだけを気にしているの。そうじゃないかしら、わたしは、まさに悪魔でしょう?」

彼らは、答えました。不愉快にさせようとか、傷つけようというのではなく、きわめて誠実に答えました。

「そうね。」

彼らが、言わなくてはならないことは、昔、わたしにどんなことをしたかです。

「でもどうして、わたしがこんなになったかを、あんたたちは、わかっているの!!!」

わたしたちが小さかった頃、あんたたちは、わたしに、恐ろしくいじわるだった!　あんたたちは、いつも一緒になって、わたしをいじめた……。

「そうだったわね。」後悔しているかのように、ひとりが言いました。「わたしたちは、確かにいじわるだったわ。」
「ついに仕返しが出来るチャンスがきたの。そのためなら、わたしが、どんなことでもするとわかっているでしょう。あんたたちが、いつもわたしにやっていた方法以外は、考えられない。今でも、あんたたちを少し憎んでいるから。」

別の男が、この男をわたしはもっとも憎んでいるのですが、わたしが小さかった時に、わたしのことを、恐ろしくバカだと言ったのです。彼が何かをしようとしているところに、わたしが来たというだけだったのに。彼が、そう言った時には、血が出るまで殴りたいと思うほど、憎しみが生まれたのです。**悪魔め**。その頃、あんたたちと一緒にいたかったのに、いつもわたしをどっかへ行けと追いやったのです。

わたしは、彼を殴りませんでした。(それを後悔しています。)わたしは、家に走って帰り、泣きました。長いあいだ、わたしは、セーターを、子どものように、腕に抱きながらひとりで床の上に座っていました。わたしは、それをそっとやさしくゆすって、なでました。

「わたしの、小さな子ども。もし、彼らが、わたしをいじめたように、だれかが、おまえに向かって同じようなことをするようなら、**そのだれかを殺すでしょう**。わたしは、おまえが何をしようと、愛しているし、何が起ころうとも、支えています。いつでも助けるし、絶対に見捨てません。おまえは、わたしが味わったようなことは、味わわなくていいの、だれかさんがついていますからね。だれもいないよりは、いいでしょう。」

一九七三年　大晦日

大好きなサラ、新しい年がいい年になりますようにと祈りながら、書いています。お手紙、書いてくれて、ありがとう。それに、人生を熟思した優れた小品を一緒に送ってくれて、ありがとう。「わたし自身、どれほど多くのものを見損ない、経験せずにきたことでしょう。それは、無限にたくさんあり、決して知ることが出来ないほどです。」とあり、人間の殻の中、魂に隠されているものが書かれています。いえ、サラの言うとおりです！　完全に心を開いている人は、どこにもいません。たとえそうできればいいと、どんなに望んでいても。でも、どの人も自分の孤独な殻の中に閉じこもっているのです。人間はみんな孤独なのです。一部の人たちは、まわりにたくさんの人がいるために、理解していないか、気づいていないでしょうが。やがて、ある日……。

でも、あなたは、恋をしている。それは、すばらしいです。愛したり、愛されたりすることほど、心配事や苦悩を遠ざけるものは、他にありません。だから、ずっと続くように、願っています――そして、このことで、サラがちっとも不幸にならず、幸せにだけなってくれますように。ええ、もちろんあなたが彼を手に入れることを意味しているのではなく、どんなことになってもサラには、はじけるように幸せでいてほしいと願っているのです。

サラが、自分のことを書いているのを読んでいる時、わたしは、自分がサラと同じ年齢だった頃に似たようなことを考えていた覚えがあると思いました。(書いたものを、わたしが持っていていいのかしら、それとも送り返しましょうか、忘れずに言ってくださいね。)

サラがいまだに憎しみを覚えるほど、ひどくあつかったのは、どんな人たちなのかと考えています。〝友だち〟〝仲間〟、あるいはだれなのでしょうか? サラの叫びのようです。「放っておいて!」と、書いていますが、ニルス・フェルリン(1)にも、同じような詩(2)があります。

〝だから、わたしは、友好的に頼んでいるのだ、
良き人々よ、放っておいてくれ。〟

アンナ・グレータ・ヴィーデ(3)の詩も紹介します。サラは、自分で読めますが——あるいは、他の詩もありますよ。

わたしは、他のみんなのために
知るかぎりの最高のことを願っています。
わたしは、不信心のせいで
彼らのために、祈れない。
けれど、祈ってみれば、
その時には、できるだろうと思う。

「だれをも、生かしておくな
　好きになる人が　いなくなるまでも！」

あのね、明日、一二歳の孫のアニカが、サラが行っていた、マリエフレードのヒスタに出発します。ヒスタからのサラの手紙で、もちろん知っていましたが、いろんな種類のキャンプがあるのね。アニカは乗馬にするようですが、わたしの知る限り、彼女はまだ馬に乗れません。でも、たった二、三日しか滞在しないのです。

お元気でね、サラ、わたしのサラ。また、お便りください。あなたの恋の行方や、そのほかの日常について、話してください。心から、サラにとって良き新年となりますように、祈っています。

アストリッド

（1）ニルス・フェルリン――一八九八―一九六一、作家・詩人。
（2）同じような詩――「絶えることなく続く不安から」。
（3）アンナ・グレータ・ヴィーデ――一九二〇―一九六五、詩人。「二つの無神の祈り」から。

1974

[一九七四年　一月あるいは二月]

お手紙、本当にありがとうございました。それに、なにより、わたしの書いたのを手元に置いてくださるなんて、ありがたいです。あなたは、「わたしがいまだに憎しみを覚えるほど、ひどくあつかったのは、どんな人たちなのか」を、知りたく思ってくださっています。たぶん、だれでもないのでしょう。でも、わたしが小さかった頃、わたしの両親や家ではたらく人たちも、何か口論とかそういったもめごとがあると、結束して、わたしに向かってきました。そしてもし、彼らにとって、わたしが自慢出来ない人間だとすると、わたしは、ある意味、詰問されたり、自分自身に失望したりする感じになってしまうのです。

恋のことなら、わたしは、今でも彼を神のように崇めていて、この極悪人は、わたしを奴隷のように扱っています。ああ、あなたの皮肉な笑い(わたしの芝居がかった表現)、人がこんなに悪く、いやな奴になれるなんて。すごく運のいい人の話を聞いても、状況はなかなかよくなりません。よく知っている女の子が、去年ある先生に手紙を書いたことをきっかけにして、清らかな関係を築くことになりました。残念ながら、校長先生が問いただして、ぶち壊してしまったのです！　先生は、神経をやられて、休職中。それで、もう終わり！　**それでも、**わたしは、その女の子がうらやましくてなりません。

わたしは、どの先生にも同情しています。たとえば、わたしの母は、教師として、根拠のない理想に、人生を打ち捨ててきました。去年のクリスマスに、ちょっとした「人生を熟思した話」を書きました。

「あなたは、職業とか肩書きだけでなく、まるごとひとりの教師よ。あなたは、人間である以前に教師なんだわ。このことは、恐ろしく、残酷だけれど、今さら変えるのは、遅すぎるの。わたしは、ただ、自分のいまわしい運命に泣きたくなるだけ。」

「わたしは、そんなふうに思っていないわ。」教師の母が言いました。

「気づいてないのよ。時間ぎれ。でも、母さん、あなたは、何から何まですべてが教師なんだと、わたしがうけあうわ。めがね、ワンピース、髪の毛、腕、**声、考え方、魂が毒されているの！**」

ああ、これって、ひどくないですか、すさまじくないですか。どうしてすべてが、遅すぎるの……。

彼女は、泣きながら、教師である母を見ました。教師は悲しそうに微笑みました。そして、ひとりの母親として、ひとりの人間として、あるいはひとりの教師として、その微笑の意味をはっきりさせようとしていました。彼女は、同情から、目に涙さえ浮かべていました。そして、母の微笑は、少なくとも人間としての微笑であり、教師の魂から自由になっていることだけを望んでいました。
彼女たちは、顔の筋肉を動かすこともなく、型どおりの解釈、あるいは微笑のかわりに、お互いの目の中の空虚なものをのぞきこんでいました。
ふたりは、この解放された沈黙に、一緒に耳を傾けていました。

さよなら！

サラ・ユングクランツ、ホーラリッケ

追伸：わたしのことについてだけ書くのはもう必要ないです。実際のところ、わたしは、そんなに興味がありません。もうすぐ勝手に想像して書いてしまいそうです。

一九七四年　二月一六日

わたしのすてきなお嬢さん。わたしは、ずっと仕事と悲しみに埋もれていたので、手紙が書けませんでした。サラが、あんなにいい手紙を書いてくれたというのに。でもきっと許してくれるでしょう。わたしは、サラのことをしょっちゅう考えていて、サラのように若々しい、無鉄砲な気持って、どんな感じなのかなと、思っています。いいえ、無鉄砲というのは、適当な言葉ではないかもしれません。サラは今でも、その先生を愛しているのかな、それとも憎んでいるのかな。少し前のことですが、あなたも知っている詩人のイルバ・エッゲホルン[1]が、うちへ来ました。彼女は、一三歳の時にある先生が好きになり、先生も彼女が好きになったことを、話してくれました。その先生は、当時二三歳で、一〇歳年上でしたが、イルバの両親が、先生と会うことを禁止しました。彼女は、死にたいと思ったのですが――その時、急に宗教的な思いにとらわれたのですって。彼女は、自分のまわりに、助けてくれる愛情があることを、どう感じたかを書いてみたのです。少し変ではありますが、すばらしいと思いました。どんなことがあったにせよ、今ではイルバは、その先生と結婚しています。だからきっと、すごく若かったけれど、愛が強くて、持ちこたえられたのでしょう。でも、イルバの好きになった先生は――幸いなことに――結婚していませんでした。

まもなく、孫が何人か駆け込んでくるので、食事の支度をします。今日はここまで。

エストニアの女の子から手紙をもらいました。少しだけスウェーデン語ができるのですが、十分ではありません。その女の子が、こんなふうに手紙を締めくくっています。「わたしは、あなたの行くとこ、すべてうまくいくように、元気で、人のおっきな幸せを祈っています。」 そしてわたしも、あなたに、人のおっきな幸せを祈っています。

アストリッド・リンドグレーン

（1）イルバ・エッゲホルン――一九五〇―。

［一九七四年　二月あるいは三月］

こんにちは。お手紙、ありがとう。お仕事がいっぱいあって、悲しいこともあるのに、書いてくださる人なんて、めったにいないと思います。（おかしいな、タイプライターがうまく動かない。）すごいことになっていないように、願っています。

手っ取り早く〝本題〟の〝燃えあがっているテーマ〟に、入ります――おわかりでしょう。まるで、おとぎ話のようです、そのイルバ・エッゲホルンと夫のことって。そんなふうに、うまくおさまって、ふたりにとっては、どんなにうれしいことでしょう。わたしは、自分の場合はどうなるのかと、どうしても考えてしまいます。

「もしも、だめ。ああ、何もかも状況があまりにも厳しすぎます。」

でも、なんという不思議な偶然でしょう。先週の木曜日だったかに、「ダーゲンス・ニイヘッテール新聞」を読んでいたら、映画監督のジャン・ハルドッフ[1]が、ペール・グンナル・エヴァンデル[2]の『最後のアバンチュール』を、映画化することが載っていました。新聞で、その本の一部分を読んだのですが、すごくよかったです。**この本には何が書かれているか当てられますか?!** 二五歳の男の先生と一六歳の教え子の女の子！　わたしの読んだその部分は、女の子のことはあまり書いてなくて、先生のことでした。それをここでもう一度お話しするのは無意味ですが、とにかくわたしは、とても気に入っていて、今度——書いたように——その本が映画になるのです。スタッフは、その教え子を演じる女の子を探しています。わたしは、とりあえず、ハルドッフ監督に電話をして、お願いしました。何枚か写真を送ることになっています。期待しすぎないようにしていますが、神さま、どんなに心の底から願っているでしょう。ここ数か月は神経質になりそうです。

あなたは、楽しい日々をお過ごしでしょうか？　わたしは、マグヌッソン（先生）を一週間も見ていません。ウルリスハムンへ行っていたからです。とっても楽しかったです。こっちへ引っ越してきたのは、二年も前のことです。

バレンタインデーに、わたしは、マグヌッソン先生に、白いバラの花を送りました（もちろん名前を隠して）。花言葉の、〝あなたが、わたしのことを気にかけてくださらないから、悲しいの〟に託して。名前を書かなくても、先生にはわかるでしょう。

たぶん、ちょっと子どもっぽいかもしれません。彼の奥さんが、不機嫌になるか、それともふたりで笑うのかしら。

だめ、もう疲れちゃった。

サラ・ユングクランツ
ホーラリッケ

（1）ジャン・ハルドッフ——一九三九—二〇一〇。
（2）ペール・グンナル・エヴァンデル——一九三三—、作家。

［一九七四年　三月一八日］

大好きなサラ。サラの人生が、今も、これからも、優しいものになりますように。ところで、サラの映画出演のことは、どうなったかなと、考えています。どんな役も、なかなか大変だろうと思うので、サラが、あまり期待しすぎていないのは、いいことでしょう。ペール・グンナル・エヴァンデルは、若手の中では、優秀な作家のひとりだと思っています。

悲しみ、そうなの！　この前書いてから、わたしは、深い悲しみに沈んでいます。二二年間、家のことをすべてまかせてきたすばらしい人がいたのですが、彼女のおかげで、わたしは、家事とかそういったことにちっとも気を使わなくてもよかったのです。彼女は、わたしのすごくいい友だちでした。二月のある金曜日の夜、彼女が来てくれるようになってから、ちょうど二二年目になる日、いつものように一緒に食事をしました。そして、彼女が来てくれるようになった記念の日には、いつもしているように、特別なお礼のお金をわたしました。そのあと彼女は、「さよなら、じゃ、帰りますね。」と言って、帰っていきました。自転車に乗って。ところが、一台の車が彼女を轢いたのです。五分後、彼女は、わたしを残して帰らぬ人となりました。いまだに、信じられない気持でいます。時々、もうすぐ覚めるただの悪夢だったらいいのにと、思います。家の中には、彼女の足跡がいたるところに見られ、二度と彼女と会えないのは、本当につらいです。

そう、サラも知っているでしょう！　わたしの兄が、再びひどく悪くなり、入院していたのですが、自宅に戻ってきます。兄が、長く家にいられますように。

もうすぐ、子どもや孫がやってきて、食事をすることになっています。スポーツ休暇の時には、彼らと一緒に、ダーラナへ行っていました。明日の朝には、ちょっと静養に、フルスンドへ発ちます。

さよなら、サラ、わたしのサラ。人生は、時に見かけほど、うんざりするものでもないのよ。請け合うわ。

アストリッド・リンドグレーン

［一九七四年　六月一八日］

今度、急に家を出ました。もうすぐ、こんなことに慣れてしまうでしょう。

つまり、また引っ越したのです。こんなことを聞いて、あなたがものすごくうんざりなさらないようにと、願っています。

たぶん覚えていてくださるでしょうが、去年のクリスマスの前、わたしは、ある先生を好きになっていました。九年生の最後の日々は、さんざんで、すばらしくも悲惨でした。六月六日の木曜日が、最後の学校の日で、最後の国語(スウェーデン語)の授業でした。バカらしい言葉遊び。大きらい。けれど、夕方には、クラス・パーティーをすることになっていました。そこで、わたしは抜け目なく、先生(マグヌッソン)を見張っていました。その上、先生が、わたしを車で送ってくれるように、うまく画策したのですが、もちろん口で言ったりなんかしません。わたしは、裾の長い、一八〇〇年代風のロングドレスを着て、リボンのついた帽子(めったにかぶらないのに)を、かぶっていました。これは、きついでしょ。わたしは、すごく神経質になっていました。

どんなに、先生が**好き**だったことでしょう。この夜、わたしは、先生のことが、本当にどれほど**好き**だったことでしょう！　最初は、期待していたよりもうまくいきました。わたしが何も言わないのに、先生が、「家まで、どうやって帰るの」って、聞いたのです。

「先生が、送ってくださると思っていました。ご迷惑でなかったら。」と、言いました。

「いいや、ぜんぜん面倒なことじゃないよ。その帽子で、チークダンスを踊るのはむずかしくないのかい？」(微笑んでよ！)

「これって、ぬげるんです。」

先生とは、実際に二回、踊りました。ただ残念なことに、一回は、わたしから、先生に申しこんだのです。わたしは、クラスのみんなに、先生をダンスに誘ってはいけないと禁止していたのですが、誘われた時に断ることまでは、強制できませんでした。(それからのことは、恐ろしくバカげているようです。わたしは、酔っていました。二年間で、はじめてのことでした。)わたしは、ある女の子が先生と踊っている時に、女の子の前まで行って、「先生には、手を出さないで。」と、ささやいたことは覚えています。けれど、あとになって聞いたのですが、わたしは、女の子を殴って、ささやいたつもりが、怒鳴っていたんですって！　そしてマグヌッソン先生が、わたしに酔っぱらっているのか、それともどうしたんだ……って、聞きました。(もちろん、そんなにひどく酔っぱらってはいませんでしたよ。)

そのあとは、あらゆるチャンスをつかまえて、先生に話しかけました。たとえば、

「先生、わたしは酔っぱらっているのか、正直に答えて！　正直に言って、気にしないから。」

「まあね(微笑みながらよ、忘れないで！)、君はたぶん酔っぱらっていないだろうが、飲んでいるだろう！」

「先生、わたし、こんな状態で、悲しい。自分がこんなんだって、よくわかっています！」

「なんでもないよ！　それに、〝先生〟なんて、言わなくてもいいよ。あんたとか君とか言えばいいんだ！」

「だめ、そんなこと言えません。」

別の女の子も、この子は婚約しているのに、ある先生(この先生も結婚しています)に恋しているの。その子が、座って、泣いていました。話すのもいやなのですが、そこへ、マグヌッソン先生が近づいて、彼女を慰めようとしていました。もちろん何も特別な慰めではなかったのですが、とりあえず、いやでした。

その夜はずっと、わたしは、まったく頭がどうかなっていました。普通に踊るのはいやで、フロアを目いっぱい激しく動きまわって踊り、いかれたように得意げに歩きまわり、マグヌッソン先生の目と鼻の先で、あたりの男の子たちと、抱き合ったり、いちゃついたりしていたのです。どんなつもりでやっているかなど、自分でもほとんどわかっていませんでした。

(休憩。愛し合う二匹のハエだけを見ていました。)

そのあとで、お行儀よくなって、わざと先生の邪魔になるように踊りながら近づいて、そのまま、先生に聞こえるように言ったのです。

「学校が終わるってのに、どうしてお祝いなんかできるの。こんなの、悲しみのパーティーだわ。わたしは、何年でも学校に残れる。でも、一年前には思ってもみなかったことよ!」

(一年前、マグヌッソン先生は、マルメに住んでいたの。)

そのあと、わたしは、空っぽの部屋に入って、泣きました。そして(ここで、あなたは、おそろしくバカだと思われるでしょうが)、二、三人の友だちに、わたしが泣いていると先生に言ってきてと、**頼んだのです**。

言うやいなや、実行に移されました。しばらくすると、ドアが開いて、先生が入ってきて、わたしの隣の床に座ると、わたしの肩に腕を置いたのです。父親みたいな感じだと思いましたが……**わたしは、言葉を失いました!**

実際、先生が何を言ったのか覚えていません。たいていは、何かあったのかとか、泣かなくていいとか言ったのでしょう。つまらなかったのは、先生が、まだ遅い時間じゃないのに、家に帰りたがったことです。わたしは帰りたく**なかった**のですが、従わざるをえませんでした。

ありがたいことに、車の中では、ふたりきりでした。わたしは、ほとんど口をききませんでした。先生は、まずいことになったと思っていました。(おそらく、不適切なことだったのでしょう、それともなんて言うのがいいのかしら。)

「ええ、すごくまずかったです。」と、わたしはなんとか絞り出しました。(正しい言い方じゃないです。)そのあと、先生は、この夏とこれからのことを、どうするつもりかなど、いくつか聞いてきました。わたしは、手短に、ペンションで働くことになったと話したのですが、先生が来てくれることなんて、いずれにせよ、絶対にありえないのです。(給仕仕事ばっか。それに、掃除に皿洗いなんだから!)

車から降りる時に考えました。身をかがめると、胸が……だけれど。叫びたいところでしたが、ただ歩いて帰りました。

そのあとは、最悪の気分。この夜は、一時間か多くて二時間ぐらいしか眠れませんでした。

こんなプーなことには、もう、うんざりでしょう？　マグヌッソン先生なら、プーなんて言い方は、絶対に許してくれませんし、主節を重ねたりするのもだめだけれど、かまわないわ、わたしは好きに書きます。**いいの！**　もう書いちゃったけれど。神さま、わたしは、どんなに、あの時が戻ってきてほしいと思っていることでしょう。


次の日、六月七日金曜日のこともお話ししたいです。終業式のこと。わたしは、裾まで長いのではありませんが、スカートをはいていきました。学校中で、わたしだけでした。

わたしたちは、バスの中で、わたしとマグヌッソン先生のことをしゃべっていたのですが、バカなことだと思われます？　でも、元のクラスの友だちは、みんな、とてもやさしいし、何もかもすべて知っていますから。

最初、**市民ホール**で終業式がありました。五分ほどしたら、わたしは気分が悪くなったので、外へ出ました。マグヌッソン先生がひとりで、離れたところに座っていて、顔を上げてくれました。

そのあと、友だちと学校の玄関口で、座って、おしゃべりをしていました。そこへ、マグヌッソン先生が通りかかったのです！　昨日の晩は、先生に経緯を話そうと決心していたのですが、できませんでした。ただ先生の前まで行って、こう言いました。

「先生……。」

「ん、何……?」

「昨夜は、送ってくださって、ありがとうございました。いろいろ失礼しました。」

「ああ、だけどサラ、そんなことなんでもないことだ! もう、理由がわかった!(微笑んで、微笑んで! そして、思い上がらないで!)(ぞっとする……。)あれこれ考えて、判断したよ!」

「ああ、そうですか。」わたしは、くるっと向きを変えました。

「だけど、サラ! もし君が話したいのなら、話そうか。」

「ええ、でも、わからない。そう、それに、話したほうがいいのかも。」

でも、わたしは、ショックのあまりトイレに入りました。そこには、クラスの女の子が集まっていたのです。

「先生は、全部知っているんだって!!!! 先生は結論を出したんだって、あとで、わたしと話すんだって!!!」

拍手と励まし。みんなは、皮肉のつもりじゃなかったけれど、皮肉でした。

「先生が、匿名の手紙のことを言ったら、どうしよう!!! 死んじゃう、死んじゃうよ!!!」

(匿名の手紙を送ったちょっとあと、わたしたちは、国語の授業で映画を観ました。ラブレターを受け取った女の子の映画でした。そのあと、マグヌッソン先生は、わたしがどう思ったかどうかをしきりに質問してきました。)

そして、成績表が配られることになり、比較的、これといったことのない穏やかな時間でした。わたしの平均値は三・八一で、まあまあだと思いました。すごく苦労したわりには、結果はこんなものです。二年間の戦いでした。でも、わたしはそれ以上考えませんでした。緊張のあまりお腹が痛くなったのです。

それから、わたしと何人かで、また学校の玄関口まで行きました。マグヌッソン先生を待つためです。まあ、どんなに神経質になっていたことでしょう！　すべて実感がなくて、まるで映画の中の出来事のようでした。ふいに、マグヌッソン先生が現れて、成績のことについて話しました。わたしは、何も言わず、他のみんなに、この場を離れてと合図を送りました。みんな行ってしまいました。わたしと先生だけになりました。恐ろしい沈黙。

「じゃ、歩きながら、話そうか？」(先生)

わたしは、ついていきました。教室が全部ふさがっていたので、外のベンチに座りました。

先生が、話し始めました。

先生は、びっくりするほどやさしい人でした。――自分の妻や、手紙や、他のいらいらするようなことは、何も言いませんでした。たぶん自分の義務だと思ったのでしょうが、とにかく腕をわたしの背中に置いていたので、わたしは、ジャケットの生地を通して先生の手の温もりを感じられました。ある意味では、その時は最悪でした。先生は、パーティーから家に帰ってはじめて、気が付いたのです。でも、それって、先生がこのことについて考えたということですよね？　他のことも話してくれ、わたしが手紙を書きたくなった場合にと、住所を書いてくれました。先生は、もうすぐカールスタッドへ引っ越します。でも、そんなことはもう意味がありません。わたしは、先生から慈善事業を受けたくありません。そのあとで、わたしは泣きました。そして、元のクラスの友だちのところへ行って、言いました。「ありがとう、そしてさようなら。どこかでまた会えるでしょうし、いつでも手紙を書けばいいんだしね。」　それから(そしてずっと)は、わたしは、ほとんど無感動で無表情でした。スーパーのドーマスへ行って、コーヒーショップで丸パンを一個買いました。行列に並んでいるとすぐ近くで、声が聞こえてきました。「やあ！」　ショック！　それは、もちろん、マグヌッソン先生でした。そしてこれが先生に会った最後でした。

今まさにこのことでは、苦しんでいません。でも、虚しく感じています。つまり、わたしは、また地方に引っ越したのです。そして一週間に五日、ペンションで働いています。今のところ、気に入っています。まわりのみんなが、とてもすばらしいのです。このペンションの持ち主でありここで働いている人たちが、わたしを雇っているのですが、この人たちが、わたしの仕事仲間の家族です。今はまだ、ここで知っているのは、この人たちだけです。

今、あなたに、ひとつ教えてほしいことがあります。この手紙を受け取ったら、すぐに返事を書いてほしいのです。そうすれば、先生がカールスタッドに引っ越すまでに、たぶん間に合うと思います。

わたしは、先生に手紙を書いたほうがいいでしょうか？ このペンションまで来てほしいと頼んでみましょうか。ただわたしは、何も期待していないので、先生に、期待していると思ってほしくないのです。もしあなたが、たくさんの手紙の返事を書かなくてはならないとか、することがあれば結構ですので。

さよなら！ この手紙を読んでくださって、ありがとう。

サラ・ユングクランツ
ツタリイド、ユングビイ

一九七四年　六月二四日

わたしの、かわいいサラ、またお手紙をありがとう。――わたしは、サラのことを何度も考えていました。でも、この一年は、人が亡くなり、みじめなことばかりで、手紙を書く気も失せていました。わたしの兄が亡くなりましたし、二、三人のとても親しい友まで亡くなったので、今はなんとか悲しみに溺れていないで、水の上にまた顔をあげたいと頑張っている最中です。

サラの手紙を今日フルスンドで受け取ったのです。ここは、郵便集配の回数が少ないので、わたしから、なんらかの役に立つ助言が届くまでに、サラが自分でどうするのかを決めることになるでしょう。ところで、サラの手紙には、考えることがたくさんありました。サラは、また急に家を出ましたと、書いています。ということは、おばあちゃんを残して、ユングビイで長く暮らすことになるのですか？　まずわたしにも話してほしかったです。九年生のあとの勉強はどうなっていますか？　また、知らせてくださいね。サラの激しい恋愛のことと比較すると、学校での勉強は、まったく興味がわかないのだろうと想像しています。わたしにもそれは一応わかります。わたしからの助言がほしいですって。

　ホイ、ホイ、何か賢いことが言えればいいのだけれど。もちろんわたしの理解では、サラは先生にペンションまで来てほしいと頼まないほうがいいです。あなたの傷ついた心がさらに苦しむばかりだし、彼もむずかしい立場に立たされると思います。もし彼に少しでも思慮分別があれば、来ないだろうし、わたしは、彼にそれがあってほしいと願っています。でも、来ない時には、彼はあなたのせいでたぶんちょっと悲しむことになるでしょう。彼にとって、だれかを失望させるというのは、愉快なことではないし、ましてや自分に恋していることを知っているのですから。その反対に、もし彼が来たら……、だめだわ、いいこと、そんなことになれば、あなたは恋の淵の深みにはまりこんで、浮かび上がれなくなってしまうでしょう。でも、ここに何を書いても、サラは、助言にかかわらず、自分でまあまあ納得できるようにすると思います。サラが、ずばりこのことで苦しんでいないと書いてくれれば、うれしいし、安心します。そうなるように願っています。恋愛というのは、たとえそれが、〝不運〟であったとしても、間違いなく、人生の情緒を深めてくれるものです。どのようになったかを、サラは、きっと書いてくれることでしょう。そして、今回のような希望のない恋愛でなく、出来るだけ早く新しい恋愛で癒されるようにと願わずにはいられません。

あなたのために、もっと願っていることがあるのです。他の事よりももっともっと。もう絶対に酔っぱらわないでほしいということです。すごく若い女の子(あるいは、もちろん男の子も)が、酔っぱらっているのを見るほど悲しいことはありません。サラのような、かわいくて、すてきで、知的な女の子が――酔った状態では、かわいくない、すてきでない、知的でない女の子になるのですから。このような〝ない〟がついていても、若い子は、どんなにきれいでしょう。このことは、実際すばらしい真実です。このように若く、永遠に、立派に、創造された子が、よろめき、汚れた服のままで歩いているのを見ると、残念で、絶望的になってしまいます。――いいえ、わたしは、サラが、そんなにふらついていたとは思っていませんが、他の多くの人が、お酒でそうなるのを見てきています。そんな時は、駆け寄って、「やめなさい、すぐにやめて!」と言いたくなります。お説教おばさんが、お説教をしているなんて思わないでね――どんなに恐ろしいほど簡単に堕落していくかを、サラに、わかってほしいだけなのです――人が扱うダイナマイトよりも危ないものだというのを知らない、というだけの単純な理由で陥ってしまうのです。明晰で、賢明で、論理的な頭脳を持っているサラですから、強いお酒で台無しにしないように、気を付けてほしいと、何よりも願っています。あれは、たまたま起こったことだと思いたいです。ただ、若い生徒が、九年生が終わるというだけで、クラス・パーティーの時に酔っぱらう必要があるというのは、まことに残念なことです。はい、サラが、わたしのことを、とにかくお説教おばさんだと思っているのはわかります――でも、わたしが、知っているのと同じほど、サラも、お酒のことを知ったなら、好きにはならないでしょうよ。

さて、わたしの、小鳩ちゃん、手紙はここでやめましょう。あなたからの便りは楽しみです。また、書いてくださいね。バイバイ！

アストリッド

［一九七四年　一〇月二三日］

またまた、こんにちは。ずいぶんのんきに放っておいたものです。これは、六月二四日のお手紙の返事です！　あなたは、数々のつらいことを、なんとかやり過ごせたでしょうか？（もちろん、そう願っています。）

わたしは、新聞で、牧場のことを読みました。[1]　牧場のあたりのことを、詳しくは知りませんが、自然を破壊していくのは、今どきの典型的なやり方です。あなたが、どこかに書いて、抗議できますか？

つぎに書くのは、わたしの身に起こったことです。

わたしは、つまり、〝心の悲しみ〟をかかえたまま、六月で九年生を終えました。わたしが手紙を書かないと決めた先生からは、(もちろん)なんの便りもありませんでした。ユングビイの郊外のツタリイドにあるペンションで夏じゅう働きました。確かに、たまには楽しいこともありましたが、ここでは、人は一滴の水ほどの値打ちもなく(わたしが、たぶん多くを望み過ぎ、理想主義的過ぎたのかもしれません)、最悪なのは、今では、自分でもバカだと思いかけていることです。単に、バカでいなくてはならないのは、特別楽しいことではありません。わたしのことを、ひどいバカだと自分でよくわかっているから、心配することはぜんぜんないと言っているのを、聞いたのです。その時は、実際かなり落ち込みました。(わたしは泣き虫なんです。)たまたま聞いてしまったのですが——というか、自分から盗み聞きしたのですが——、三人のお偉いさん(ペンションは五人の奴隷経営者と、二人の奴隷でやっています)たちが、わたしのことを、どんなにバカで、無能で、役立たずであるかと話していたのです! つまり、セシリアとヤン(ふたりの所有者)とイングリッド(元所有者、影響力大、こんな言葉があるのなら)の三人です。わたしは、気を悪くして、夜に、イングリッドに電話をしました。彼女を責めるためではなく、ちょっと心配させようと思ったのです。彼女は、いつもすごく親切で、その時も、まるで三人で悪口を言ったことを本当に気にしているようでした。やはり親切なんだと思いました。

とにかく、彼女はいつもの声で、わたしがひどくしんどそうだけれど、大丈夫かと聞いてくれました。(喉が痛かったのです。)

わたしは、しばらく彼女が話すのを聞いていましたが、むろんわめきだしました。おわかりでしょす。

うが――わたしは、イングリッドのことが、めちゃめちゃ好きなんです。それなのに彼女は嘘つきです。

「いいえ、イングリッド、もうあんたの言うことなんか聞かない。くそっ、あんたは、なんて嘘つきなの！　あんたが言うのを聞けば聞くほど、ムカついてくるわ。」そしてわたしはがなりたてました。そのあと、わたしたちは、いつまでも話し続けました。悪いのは、盗み聞きをしたわたしだと、彼女は考えていました。

「わたしは、セシリアとヤンに話すことができるわ。そうすりゃ、あなたは、辞められるから。」

「いいわよ、くそったれ。そんなことぐらい自分で言えるわ――辞めるって言ってやる！」でも、そのあとで、イングリッドは、「なんにも言わないでおきましょう。」と言ったのです。それから何週間かわたしが残っているあいだ、イングリッドは、普通じゃないほどやさしくしてくれました。でも、ひとつ、わたしは学びました。世の中は、とにかく嘘だけで成り立っている、どんなふうに見えていようとも、ということを。

セシリアとヤンなんか、どうなっても全然かまわない――でも、わたしは、イングリッドは好きです。もし、イングリッドがわたしを好きになってくれるのなら、なんでもあげるわ。

辞めたあと、六週間子どもの世話をしました。六週間はすごく長かった。だめだめ、もういや。なんてたいくつなんでしょう。子どもの面倒を見たのも、ペンションのある同じツタリイドでした。とっても楽しい人たちの家で過ごしました。実際はただの間借り人なのに、まるでこの家の子どものようでした。たぶん、バカげているのでしょう、もちろん。
みんなが、絶対禁酒すれば、きっといろんなことが良くなるでしょう。でも、でも、せっかく言ってくださっていますが、わたしは、ほとんど飲まないので、ぜんぜん危険ではありません。他の多くの人たちにとっては、危ないでしょうが。

ここ一週間、わたしは家にいます。徐々に確実に、わたしは朽ちはじめており、もうすぐ自分が家具のようにしか感じられなくなるでしょう。ほとんど病気のようにぼんやりしています。近いうちにどこかへ移って、何か仕事を始めます。でも、人生って、何なんでしょうか？　生きる動機って、何かあるのでしょうか？　いえいえ、さあ、気を取り直して、文句を言うのは、止めます。

サラ・ユングクランツ
ウルリスハムン

追伸。もし、あなたが、これに答えてくださるとしたら、どうしてあなたにはそんな意欲がわいてくるのか、わかりません。わたし自身が読み通せないっていうのに。いえ、わたしは役立たずで、価値がありません。この手紙の中でまともなのは、このことだけです。

（1）新聞で、牧場のことを読みました。――牧場とは、アストリッドの父親が教会からの借地で経営していたネース牧場のことで、アストリッドたち兄妹は、子ども時代に遊んだり、手伝ったりした。アストリッドの生地ヴィンメルビーの町のはずれにあった。町が大きくなるにつれて、住宅地が拡大し、とうとう牧場も全部つぶされることになったのを、自然保護の観点からのリンドグレーンの抗議により、ほんの一部は残されることになった。

一九七四年　一一月二二日

こんにちは、わたしのかわいいサラ。また、サラからお便りをもらって、うれしかったです。サラが、どのように生きればいいのかと悩んでいたのに知らなくて、悪かったです。人生が何か特別すばらしいと思えないのですね、きっと。サラは、イングリッドに自分を好きになってほしいと言っていますが――イングリッドが好きになってくれないなんて思う必要はありません。サラが盗み聞きした時の発言は、イングリッドはたぶん深い考えなしに言っただけでしょう。よくわかっているでしょうが――わたしたちはみんな、異議をはさまず自分を受け入れてほしいのです。でも、自分自身では、人に対して、どれほど多くの異議を唱えていることでしょうか。それなのに、その人が好きなんですからね。どうしようもないです。もし、サラがある人に、こう言うとします。「わたしは、あなたが好きよ。でも、あなたが笑う時はちょっとバカみたいだわ。」――何か例を探そうとしただけですが。

その時、それを聞いた人は、自分がバカのように笑うと、サラが思っていることだけを記憶に留めていて、そのあとサラがいくら好きだとしても、どうにもならないのです。驚いた？　だから、ヤンとセシリアが、サラが無能で役立たずだとかなんとか言ったのに対して、イングリッドは同意したけれど、彼女は、サラの別の面を好きなのまで否定していないのよ。サラが、イングリッドを嘘つきだと言って責めたので、彼女は、自分の身を守るために、とっさに反撃してしまったのです。けれどイングリッドが、サラのことを嫌いだと思う必要はまったくありません。まあ、こんなことを言うのは大げさかもしれませんが、また似たようなことが起こるかもしれません。わたしたちは、みんな、時々、絶対に聞かれたくない友だちのことを口にしてしまうことがあるって、覚えておいてください。それは、いやなことですが、真実なのです。こんなことを言うのも、サラの慰めになればと思ってのことですが、たぶんあまり役に立たないでしょう。

ところで、サラは、もう学校を終わってしまって、本当にいいの？　あなたは、自分がバカだと言っていますが、そんなことないのは、わたしが、請け合います。そして、今はちょっと怠惰になっているかもしれませんが、そんなのはなくなっていくと思います。そして、その時には、なりたいものは何かと考えてくれるとうれしいです。そのあとは、それに向かって強い気持ちで頑張るの。もし、サラが、実際に興味のない雑用ばかりしていたら、たぶん人生が、特別大切なものとは感じられないでしょう。

そして、サラが心からよろこんで生きたいと思ってほしいと、願っています。あるドイツの女の子がわたしに手紙を書いてくれたのですが、たしかにドイツには彼女が頼れる人がいないと言うのです。実際彼女はもう生きていたくないいし、何がしたいのかわからないのですが、それでも、あれこれやってみています。でも、ちょっとやっては、いやになっています。家では、お父さんとの関係が悪く、というのは、お父さんは愛人を家に入れ、女の子のお母さんには暴君のようにふるまっているからです。女の子は、確かに精神的に問題を抱えていると思うのですが、正確に把握できていないので、彼女を助けることが出来ないでいます。彼女は、スウェーデン語ができるのですが、どうしてかはわかりません。まったく、かわいそうな子どもがたくさんいるのです。サラの手紙を読んでいると、あなたはやはり素質のある女の子だと思えるので、あなた自身が、今は特別値打ちのある優秀な子だと思えなくても、いつか思えるようになると確信しています。ただ、わたしはそんなに遅くならないうちにサラが人生でしたいと思える何かを見つけてほしいと、願っています。

わくわく期待しながら、書くのはここまでにして、ベッドへ行くことにします。また、お便りください。

今年は、いまだに芳(かんば)しくありません——あまりにもたくさんの友だちが亡くなってしまいました。スイス、オランダ、そしてちょっとイギリスへの旅に出ていました。それで返信が少し遅くなってしまいました。

さよなら、わたしの小鳩ちゃん!

アストリッド・リンドグレーン

1975

［一九七五年　二月一三日］

　こんにちは。この前書いてから、だいぶ日が経ってしまいました。わたしは、何か特別興味のあることを見つけたいと、一生懸命考えてはいるのですが、特別何事もなく暮らしています。それに、自分に疲れているのです。あなたから何かを聞くほうがおもしろいでしょう。

　ところで、わたしは、あのままウルリスハムンにいて、一〇月二九日から、療養リゾートホテルで働いています。ウェートレスの仕事から始める人の大半が、一か月以内に辞めていくなか、もうすぐ、わたしも、役に立たない部類に分類されるでしょう。（最短記録は――一日半でした。）これが実際ただひとつの問題なんですが――無理にも辞めなきゃと感じてしまうのです。ただ、わたしは、いたく気に入っていて、仕事として満足しています。以前ウェートレスをしていた女の子たちの九九パーセントが、最悪の経験だと思っているのですから、すごいでしょう。［……］たとえば、考えるだけで、泣きそうになりますが、ウェートレスのエルサ。最初、わたしは、彼女のことを、人を怒ったような目でにらみつけるし、偏屈で傲慢な、巨大な揺れるベーコンだと見ていました。でも、かわいそうなエルサ。二三年ものあいだに、エルサはここで自分の体形を崩してゆき、足や背中を痛め、さらに悪いのは――自分の人生を壊していることです。エルサがどんなに身体を悪くしているか、どんなことを思っているかなど、主任たちが、たずねることは皆無です！！！　エルサは、わたしが知る一番上等の人間のひとりなのに、主任たちは、彼女のことを、まるで猫が家の中にくわえこんだ何かのように扱っています。彼女が、自分の駄目な人生のことを話してくれると(彼女は三八歳まで未婚で家にいたので、つまり今は六一歳です)、われを忘れるほど夢中になって聞くのですが、そのあとで彼女はまったく別のことに話題を変えます。自分では考えるけれど、あえて言うことはしないようなことを話してくれます。そして二人で、お腹をかかえて、爆笑します。でも、彼女は一〇〇キロの超重い体重で、レストランと台所のあいだを行き来し、余ったものを飲みこみ(底のない泉のように)、毎年毎年、時々マジョルカ島[1]へ旅行に行きます。「行けなかったら、とうの昔に死んでたわよ。」役に立つのなら、エルサの代わりにダイエットしたいぐらいです。

もちろん——言うのが遅くなりましたが、映画『やねの上のカールソンは世界一[2]』を観ました。すごくよかったです。カールソンは、すばらしかったし、リッレブルールもよかったです。

サラ・ユングクランツ
ウルリスハムン

(1) マジョルカ島——地中海西部の島、スペイン領。
(2)『やねの上のカールソンは世界一』——一九七四年一二月二日封切り。

一九七五年　二月二八日

こんにちは、わたしのサラ。サラからのお便りが聞けて、うれしくなりました！　どちらが書く順番だったか覚えていませんが、どちらにしても、お手紙、ありがとう。サラは、自分に疲れていると書いていますが、ええ、ここにも、自分に疲れている者がひとりいます。とにかく、わたしも自分のことを話すのに疲れています。でも、わたしがフルスンドに行っていたことは、話せます。あそこでは、まったくひとりで、わたしにとっては、理想的な状態になれます。フルスンドは、お日さまの光、雪、満月、それにきらめく海と、もう泣けてくるぐらい美しかったです。明日は、スポーツ休暇なので、ダーラナへ子どもや孫たちみんなで出かけます。

エルサの描写は、とても上手だと思います！　エルサは、どんなにサラが好きなことでしょうね！　サラがやっているように、エルサにとっては、自分に興味を持ってくれている若い人と知り合うことで、ずいぶん気持を励まされるにちがいありません。エルサは、他の人たちには、気にかけてもらっていないのですから。サラには、非凡な何かがあると思います。サラ自身のために役に立ち、サラがウェートレスとして働くよりも、もっと満足できる仕事のよろこびを得られるような、何かがあればと、望んでいます。サラは、エルサのように、二三年ものあいだ、そこにいようとは思っていないでしょう。エルサにとっては、サラはきっと神さまからの祝福だろうと思いますが、いつかはたぶん、もうちょっと多くの人のよろこびとなるべきでしょう。ええ、こんなことはきっとくだらないと思えるでしょうが、サラは、将来の計画として、実際にどんなことを考えていますか？　わたしに書いてみてくださいな。サラは、いろんな分野で必要とされる、知的で、感受性の鋭い女の子だと、わたしは何がなんでも確信しているのです。考えていることをぜひとも話してください、お願いね！

わたしの時間は、あまりにもひどく型にはまっているので、書きたいと思っていても実際になかなか書くところまでいかないのです――もし、わたしがつまらない手紙を書いていると思ったら、なおさら、サラはわたしに書いてください！　人生、死、将来、そして人間について、考えていることをなんでもしゃべってください。期待しています、よろしく。さようなら！

アストリッド

［一九七五年　六月七日］

こんにちは！

最後に書いたのは、ちょっと前になりますが、また手紙を書きましょうか？　実は、今わたしは、イェーテボリイに来ていて、いとこのところにいます。彼女は、取り壊されることになっているアパートに住んでいるので、雨が降りこんできます。たったひとつの見こみ違いは、彼女が働いていることです。そのために、買い物をしたり、髪の毛のカットに行ったり、路面電車の乗り方を習って、美術館へ行ったり、宮殿の森の散策などを、まったくひとりぼっちでしています。

昨日、インゲーに会いました。彼女は、二〇年間療養リゾートホテルで看護師をしていたのですが、数週間前にイェーテボリイに引っ越してきたのです。わたしも、寂しいことでしたが、療養リゾートホテルを辞めました。スタッフの人たちから、花束とクリスタルガラスの鉢をもらいました。みんな、わたしが辞めるのは残念だと思ってくれたので、なんとなくうれしかったです。そのあとで、ケーキを食べて、いろんなことをぺちゃくちゃしゃべりました。エルサ(わたしが、エルサのことを話したのを覚えていてくだされば うれしいですが)とわたしは、一緒に家路についたのですが、エルサは、療養リゾートホテルでのたったひとりの友がいなくなると言いました。

それで、イェーテボリイへ引っ越してこようと思っています。ここは、ほしいものがなんでもあるのです。たとえば、石畳のハーガ地区は素敵だし、リンドホルメンにあるスロッツベリエット(城山)と呼ばれるところへ、インゲーと行ってみましたが、そのあたりには、小さな古い家や庭がいっぱいあり、ひと月三〇クローナで借りられます[1]。

今わたしには、仕事がありませんし、探すこともしていません。ヴィンメルビーの国民高等学校へ行こうかなとちょっと考えたのですが、案内書の写真で引いてしまいました。母さんは一〇年か一五年前のだと言っていましたが。とりあえず、スモーランドの友だち何人かで、数日エーランドへサイクリングに行く予定です。そのあと、わたしは汽車で放浪の旅をするつもりです。この夏が、**わたし**

の人生を変えることになればと(何度も同じことをしつこく言っていますね)思っていますし、そう望んでもいます。秋には、**まったく別の人間になれる**と、**いいんだけれど**。いえいえ、わたしが狙っているのは、なんらかの安定という意味なんです。妊娠している友だちがいて、もうすぐ結婚するのですが、彼女の立場と代わっても構わないです。あなたが、考えていることはわかりますが、わたしにとってもっとも大事なことは、結婚するために、あるいは別の言い方をすれば、男をつかまえるために(いかれた表現です)、十分きれいになること(**間**。どう言い表そうかと思案しました)だと認めるのは、**恥ずかしくありません**。ぞっとするように聞こえることはわかっていますが。わたしたちみんなにとって、一番大事なことは、愛されること(もしも健康で、お腹いっぱい食べられて、おまけに安全なら)ですが、もし外見ではなく何か他のことで愛されるのでなければ、愛されないほうがましです。

ワルプルギスの夜祭[2]の日は、スモーランドでのお祭に行き、踊ってきました。わたしは、それまで会ったこともなく、そしてたぶん決して再会することのないような男の子と踊りました。その男の子が、「こんなその場限りの誘い方で、気を悪くしないかい?」と、聞きました。「ええ、こんな誘われ方しか経験がないので、気を悪くしようがないんだけれど。」と思いましたが、もちろん言いませんでした。

でも、かっこいいジャケットと香水を買ったから、きっと男の子と長く付き合えるように、もっと運が向いてくることでしょう……。

サラ・ユングクランツ
ウルリスハムン

追伸。ここに書いたことへのお返事は、いいです。わたしは、**機嫌良く暮らしています。**

（1）石畳の……借りられます。――スロッツベリエットは一八〇〇年代に、リンドホルメン造船所で働く作業員のための住宅地帯だった。

（2）ワルプルギスの夜祭――春の到来を祝う五月祭の前夜（四月三〇日）に、大きなかがり火のまわりで踊ったり、歌をうたったりする。スウェーデンでは祝日。

一九七五年　六月一二日

サラ、わたしのサラ。お便り、うれしかったです――サラが、どこにいるのか、そして何をしているのかを、なんの役にも立たないのに、なんとなく知りたいのです。もちろん、療養リゾートホテルのエルサのことは覚えています。彼女はサラと別れても、サラが悪いなんてぜんぜん思わないでしょう。かわいそうなエルサ、彼女の人生はたぶんおもしろくないだろうに、友だちまで失うとなると、ますますつらく感じられるでしょう。そう、エルサは失うのではないけれど、サラはエルサの近くにいないことになるから。サラは、ここに書いたことについての返事は、いらないと、書いています。サラがどういう意図で書いたのか、本当のところはわかりません。秋には、サラは、願わくはまったく別の人間になっていたらいいんだけれど、とのことですが、それはどういうことなのかなと考えています。サラは、今の自分にまるで満足していないのかな？　〝男をつかまえる〟のに十分かわいくないなんてのは、信じてと言われても無理よ――少なくとも写真で見るかぎり、サラなら一ダースだって男をつかまえられそうに見えますよ。でも、あなたのその外見で、男をつかまえるというのと、愛されるというのは、同じことではありません。生涯を通して愛される容貌の悪い女の子たちがいますし、かなり短期間しか男を繋ぎ止められなかった、マリリン・モンローのような魅力的な美人もいます。魅力的な外見は、男に自分を惚れさせることは出来るけれど、外見だけをすべての頼みにしていると、愛は永遠に続かないというのは、真実だと言っておきます。目の前に美しい景色のある所に住むのと同じで、しばらくすると、少なくとも以前のようには見なくなるものです。まあ、こんなことは、サラにもよくわかっていることです。わたしたちがみんな、愛されたいというのは、当たり前であり、本当のことです――そして、実に多くの若い女の子が、自分は愛されるかとすごく不安に思っていると思います。とにかくわたし自身は、ごく早い時期に好きになってもらうという望みを捨てることに決めました。わたしのことをだれかが気にとめてくれるような外見じゃなかったからです

——ところが実際は、そんなに悪くはなりませんでした。このことは、前にもたぶん言いましたね。

ヴィンメルビーの国民高等学校には、一度訪れたことはありますが、何か感想を言えるほどは知りません。以前は、国民高等学校の設備はすばらしかったのですが、最近は、麻薬常習者や他にも道を外れた人たちがたくさんいると聞いたように思います。そういった人たちが行く学校が他にないからですが、そういった意味でヴィンメルビーの国民高等学校がどういうところかというのも、わかりません。

サラには、人を世話(介護)する仕事はどうでしょう——前にもこんなことを言いましたっけ？ あなたは高齢者と友だちになれるし、一緒に仕事をするのも大丈夫そうだからです。将来の伴侶と出合うまで——エルサとか他のひとり暮らしの人や、助けがいる人たちに愛されることから始めるのも、悪くないかもしれません。家庭生活に必要な、長く続く愛を育てるのに、小さなことだけれど、素敵な練習になることでしょう。

今日は、これ以上賢そうな言葉は出てきません。エーランドや放浪の旅で、楽しんできてください。そしてすっかり別の人間になったとしても、今までのサラがちょっぴりでも残っているようにと願っています。


さよなら！

アストリッド・リンドグレーン

［一九七五年　夏　イタリアから］

こんにちは！　一週間世界でもっとも大変な旅――ハンブルク――ミュンヘン――ザルツブルク――フィラッハ――ヴェニス――ボローニャ――ローマ――ピサ――ラ・スペッツィア――そして今は、カヴィ、イタリアの北西にある温泉地。あまり書く場所がありませんが、少なくとも絵葉書はきれいでしょう。

サラ

1976

［一九七六年　二月二〇日］

こんにちは！

わたしは、サラといいます。一七歳です――わたしたちは一年足らず前に手紙を交換しましたが、このまま手紙を書くのを完全に止めてしまうのは、残念だと思って。最後に手紙を書いた頃、わたしはウルリスハムンの家にいて、療養リゾートホテルで働いていたと思います。そこには、もういなくて、五月に辞めて、ヨーロッパを旅行しました。そして、汽車を使った放浪の旅に出て、エーランドへサイクリングに行きました。そして、イェンシェーピングのフークス領主屋敷レストランへ移り、女主人のアシスタントになりました。ひと月そこで働きましたが、わたしの神経が参ってしまう前に辞めました。そこでは、恐ろしく疲れました。（それに八月は、すごく暑かったのです。）わたしは、何もかもにすっかり参ってしまいました。その上、わたしはある男の子と面倒を起こしてしまって、すごく後悔しているのですが、めちゃめちゃ苦しかったです。わたしとは、見分けがつかないほどやせてしまい、眠れなくなり――このことは、ひょっとしたら以前に書いたかもしれませんが、もうだいぶ前のことですから。

とにかく、わたしは、その後すぐに国民高等学校へ通い始めて、まだ続けています。初めてと言っていいほど、わたしは気に入っています。今年は、以前とはまったく違う、別の理想を得たのです

──今では、たとえば、値段の高い服など軽蔑するようになっています。──と言っても知れているのですが──以前とは違うってこと。［……］

それに、あと二、三日でイタリアへヒッチハイクで行くつもりです。あなたが、この手紙を受け取られる頃は、わたしはおそらくもう出かけています。ＡＳＧ(1)のトラックでヒッチハイクして、イタリアまで南下したいと望んでいます。どのぐらいの日数旅が続けられるか考えていますが、ただひとつの問題は、背中や内臓が全部飛び出してくるかと思えるほどひどい咳をしていることです──でも、そのうちにたぶん良くなるだろうと、願っています！

これは、一年前に書いた詩ですが──たぶん以前、書いて送ったように思いますが、どちらでもいいです。

その時も　たくさんの鳥が　飛んできた
毎日　わたしが　丘の上の小道を　歩いていると
飛んでくる　鳥たちで　空は　埋めつくされ
止まっている　大きな　木の頂から　いっせいに
飛び立ち　頭上　はるかな　高みで　歌い　騒ぎ立てる、
ところが　わたしが　まさに　丘の　てっぺんに　いると
鳥たちは　必ず　興奮の　極みに　達し、

わたしは　いつも　軽い　目まいを　おぼえ
まるで　宇宙と　永遠を　感ずる　気がする、
ある日、てっぺんに　いて、いつものように
丘を　下ろうと、最初の　一歩を　踏み出すと
ふわっと　浮いて　鳥たちに　ついていった

サラ・ユングクランツ
ユンスシーレ

そして、わたしのモットーです。
思い切って　自分のサイコロを　投げるのは　さらに
誇り高い、消えゆく　炎で　やつれていくよりは。
切れた　弦で　聞くのは　さらに　ここちよい、
ぴんと　張らない　弦で　聞くよりは。
ヴェルネル・フォン・ヘイデンスタム

もしあなたが、どうなさっているかを書いて、お話しくださるのなら、うれしいです。

（1）ＡＳＧ――スウェーデン大手の運送会社。

一九七六年　四月二四日

大好きなサラ。あなたは、自分がサラという名前で一七歳だと書いていますが、それじゃ、わたしがサラのことをまるで知らないみたいですね。ホイ、ホイ、わたしは、サラのことを何度も思い、世界のどこをまわっているのかな、無事でいるのかなと気にしていましたよ。また、お便りが届いて、本当にうれしいです。この前お手紙が来た時は、サラがイタリアに旅立とうとしていたので、どこに手紙を送ればいいのかわかりませんでした。でも、今回はユンスシーレに戻ってきていると思っています。大変なことと、楽しいこと両方を経験してきたことでしょう。最近のあなたの生活はどうですか、ご家族、おばあちゃんや他のみんなもお元気ですか。また、ちょこっと書いてください。そしてイタリアでのこともね。

わたしもちょうど復活祭の直前に、ボローニャのブックフェアで、イタリアに行っていました。そして少なくとも、ヴェニスでは、お日さまは輝き、あたたかくて、すばらしい一日を過ごせました。この日がなければ、仕事ばっかりで、全然イタリアらしくないお天気でした。サラがヒッチハイクした運転手さんが、わたしをボローニャからヴェニスまで運んでくれた運転手さんと同じようでなかったことを願っています。シートベルトもなしに、二〇〇キロものスピードで走ったのですから。あとになって、怒りと恐怖を覚えましたよ。タイヤがパンクでもしていたら、この世ともおさらばしていたことでしょう。あらら、それがそんなに大きな損失になっていたかしらですって？　時々、そうとも思えませんが。

今わたしは、ちょうど人間的な災難の真っただ中にいます。わたしに電話をかけてくるのは、たいてい知らない人ですが、不平を並べ、わたしがなんでも解決できると思っておられます。それがどんなに悲惨なことか、そして自分がどんなに無力かがわかると、心から気の毒になります。

それに、今は、ひどく恐ろしい感染症のため、抗生物質で治療中なので、半分ベッドで横になっています。こんな話は、おもしろくないかしら？　なにしろ、わたしは、すごく元気なのだけが取り柄だったので。どうして、感染症のことをサラに話すようになったのか、つまらない、つまらない！

窓の外に、ヴァーサ公園が見えるのですが、そこで若い人たちのグループがベンチに座って、大きな一リットルの缶ビールを飲んでは、あたりに放り投げています。そして、いくつかの缶が、がくがく関節をならしながら、震える足で歩いてくる高齢のふたりにあたったのですが、なんという悲惨な日曜日の気晴らしになってしまったのでしょう！　でも、高齢者には他に楽しむ術がきっとないのでしょう。

わたしの小鳩ちゃん、あなたの鳥の詩、好きです。

さて、大人になったら何になりますか？

生きているのはどうですか？

一、めちゃめちゃ楽しい。
二、ふんっ、たいしたことはないわ。
三、最悪よ。
報告してね。
何もかもうまく行きますように

願っている
アストリッド・リンドグレーン

［一九七六年　五月一七日］

こんにちは！

感染症にかかっているのに、お手紙書いてくださり、ありがとうございました。大人になったら、何になるのと聞いてくださっていますが、わたしも、ほとんど同じようなことを考えています、それと生きているのはどうですか？——なんて答えましょうか？　そうです、それに、短編を送ろうと思うのですが、その中に、わたしがどんなふうに感じているかがだいたい書かれています（わたしは、書いたのですが、これが良くかけているとか無理に言わなくてもいいです——一応自分ではいいと思っていますので)。わたしは、この短編をワルプルギスの夜の二、三日前に書きました(それと、もし、いいと思われたら、送り返していただけますか)。

この前の手紙で、イタリアへヒッチハイクで行くと書きましたが、もちろん行ったのですが、ミラノまででした——でも、ベルギーのアントワープ、パリ、ルクセンブルク、スイス、それにアウトバーン(!)などを、まわる時間がありました。まったく大変な旅でしたが、ひとりで旅をしたのは、すごく有益でした。よりたくさんの人と出会えるし、何より自分の旅だと実感できます。

ただ、もう一度しようとは思わないと、認めます。つまり、危険ですし、そのためにミラノまでしか行けなかったのです。つまり、暴行を受けたのです、〝三人のスパゲティ野郎〟(やれやれ、下品な響き)に。その時のことは、かなり詳細に描写できると思いますが、どんなに泣き、死に物狂いに抵抗したか、どんなに品位を落としたことかなどなど。でも、何より実際には、たいてい陳腐なんです——その時それほど現実感がなかったため、長期にわたるショックを引きずってはいません。けれども、こういったことは、自分の記憶には残っているため、かなり冷静で、疑り深くなっています。

スポーツ休暇でした(二週間)。とにかく、復活祭までスウェーデンにいることができませんでした。そこで、また南の方へヒッチハイクで行きましたが、こんどは友だちと一緒でした。わたしたちは、アムステルダム、パリ、そしてフランスのある町(村かな?)、海のそばのブーローニュ[1]、それからアントワープなどを訪れました。一〇日間かけてまわったのですが、実際おもしろかったです。めんどうなことも多かったのですが、たとえば車の中で寝ることもよくありましたし、階段で寝たことさえありましたが、いい経験になりました。

旅に出ると、もちろんいろんなことが出来るし、思い出になるものにも出会えます。でも、ヒッチハイクや汽車での放浪の半分は、ともかく、めんどうで、やっかいです。昨日、何年か前にあなたがくださった本をちょっと読み返してみようと思いました——『イタリアのカティ』と『パリのカティ』です。カティを読むと、ある意味で、旅行の楽しみや、生きるよろこびなど、なんでも得られます(少なくとも、わたしは)。でも、すべてが、軽快で、楽しいので、ちょっと嘘っぽくないですか、それともあなたが若い頃には、実際にそう感じられたのでしょうか?

四月二四日の手紙で、たくさんの知らない人から、問題を解決してほしいと、電話がかかると書いておられましたが——それは、たぶんポンペリポッサ(2)と関係があるのでしょう?

わたしは、今でもいろんなバカげた議論があることは知っています。わたしは、そういったことに深くかかわっていませんが、この世での人生は、たいてい腐っているのでしょう。

そう、学校はあと一週間で終わります。行かなくてよくなるのは、うれしいことですが、いやなことでもあるのです。仕事がないし、住む所もあやういのです。イエーテボリイのいとこのマリイのところへ行けるのですが、そこもたったひと月だけなんです。ひどいでしょう。何も実現したいものもないし、何かに意義を見つけることもありません。ようやくわかったことは、何になるかわかったことです——相変わらず、いつも孤独で、忘れられた存在で、くそったれでいることでしょう。(絶望的で、かつ無感覚には、同時になれます?!)

サラ

（1）ブーローニュ――フランス北部、ドーバー海峡に臨む都市。
（2）ポンペリポッサ――リンドグレーンは、一九七六年、「エクスプレッセン新聞」に、『モニスマニエン国のポンペリポッサ』という物語を発表し、個人企業家や個人経営者の税率について問題提起し、論争を巻き起こし、実際に法律が変えられた経緯がある。

一九七六年　六月六日

こんにちは、かわいい金色のおしろいちゃん。サラの手紙を読んで、とても心配しています。サラ、すごくつらそうです。相変わらず、いつも孤独で、忘れられた存在だと感じているだなんて――もう、おばあちゃんとは、ぜんぜん連絡をとっていないの？　サラのように、そこまで絶望している時は、おばあちゃんは大きな助けにはならないかもしれないけれど、ともかく少しでも助けになるのではないでしょうか。おばあちゃんの所にいた時は、とても満足して過ごしていたけれど、今はひとりで暮らしているの？　学校が終わるというのは、九年生は終わっているし、夏だけで終わるというのは、どういうこと？　残念ながら、わたしは、覚えが悪いようです。

イタリアでひどい目にあったのは、あまりにもとんでもないことでした。ヒッチハイクは、やめた方がいいと思います。車に乗せてもらったら、運転する男の人とふたりきりになることを覚えておかなくてはなりません。もしもうまくいかなかったら、実際面倒なことになるのです。自分では、どうなっても構わない、気にしないと思っても、サラ・ユングクランツのことを無視していることになるのよ。かわいそうな、かわいいサラと、思っています。ご注意：これは、お説教ではなく、純粋にただ気の毒に思ってのことです。

　ちょっと前に、わたしは小さなメモを見つけました。わたしがサラとだいたい同じぐらいの年齢の時に書いたものです。ある手紙の中に、書いてあったのです。「人生は、見かけほど腐ったものではありません。」ところが実際には、わたしは、――ちょうどサラと同じように――人生は、ひどく腐っていると思っていました。だから、もし、カティのことを本当に若いと感じさせるように表現したいなら、「カティ」シリーズがちょっぴり嘘っぽいということも、あり得るのです。でも、カティは、少しは成熟する時間があり、極端に若くはありませんでした。一九歳から二〇歳の頃、わたしはただ死にたいと思っていました。ある女の子と一緒の部屋に住んでいたのですが、彼女はわたしよりももっと死にたいと思っていて、わたしは、影響を受けたのだと思います。お金がなかったので、ほんのちょっとしか食べる物もなかったのです。そんな時は、元気にはなれません。でも、そのあと、少しずつ適応するようになり、人生は極めて楽しいものだと思い始めたのです。現在、わたしのような高齢では、世の中がこれほどひどい様相を呈してくると、うれしい気持になるということが非常にむずかしいと思っています。わたしの慰めは、もう若くないということです。ああ、神さま、こんな話が、どうしてサラを元気づけられるっていうのでしょう！　急に気づきました。ごめんなさい！

昨日、知らないドイツの婦人から、長い手紙を受け取りました。彼女は、戦時下でのご自分の子ども時代を語ってくれていました。それは、あまりにも酷で、読んだあと、眠れませんでした。ただ、彼女はその悲惨な状況の最中、サラが必要だと思っている何か、あたたかい、心からの関わり合いを、とりわけ母親と、さらには父親や兄妹たちとさえ持っていたのです。父親はロシアに捕虜となって引っ張られ、何人かの兄妹は亡くなり、母親はふたりの子ども（その内のひとりが、手紙の書き主）と一緒に逃げまどううちに、病気になり、子どもたちをミルクを少し探しておいでと、送り出しました。その後、ふたりは母親のところへ戻ろうとするのですが、母親を見つけられず、迷子になってしまったのです。かわいそうな子どもたち、それから、ふたりは、出来る限りのことをしてなんとか生き延び、終戦後まもなく赤十字の援助で両親と再会できました。

さよなら、サラ。人生は、見かけほど腐ってはいません。サラの短編を送り返します。ええ、良く書けていると思います、でも、これを読むと憂鬱になりますね。思っているように書いてください。

バーイ！

アストリッド・リンドグレーン

1978

[一九七八年　一月一一日]

＊大好きな、**大好きな**、アストリッドさま！＊

さあ、ついにいよいよ書きます。時刻は、一時五分です（でした）、一月九日月曜日。あなたの手紙を受け取ってから一年半経ちました。（それ以上じゃないですよね?!）これまであなたからの手紙を二八通受け取っており、一番古いのには五五エーレの切手が貼ってあり、ほとんどの手紙の宛先は〝ホーラリッケ三四〇　二二、エーネリイダ〟になっています。

一九七二年九月一五日の手紙で、あなたは、こう書いています。

「サラは、わたしが、こんなふうに、たくさんの子どもや若い人に手紙を書いていて、サラにも、無理をして書いているのだと考えているのでしょうが、そうではありません。このような手紙のやり取りをしているのは、サラだけで、他のみんなには、一回だけ返事を書いて、それっきりです……。」

「とくに、わたしはサラが少しずつ羽ばたいていくのを見るのがうれしいのです。机上の研究目的なんかでなく、サラにすてきでいい人生を歩んでほしいのです――どうなるか楽しみです。」

あなたは、わたしにとっては、すばらしいことを、例外的にしてくださいました。どうなるかに興味があってのことでしたが、その意義は、すごい、すごいことでした。わたしを覚えていてくださっていますね？　ええ、もちろんそうだと、確信しています！

あなたからの手紙を読むと、それは、本当に記憶のアルバムでした。とにかくわたしの人生が、そしてたぶんちょっとあなたの人生も入っていて。今あなたにとって人生は、前よりも少し腐っているという気がするのですが――(わたしにとっての人生が、超腐っているのは、二八通の手紙を見ればわかります!)たぶんそんなことないのでしょう。でもひょっとすると間違いでないかもしれません。もしもそうなら、あなたに、手紙を通して、お慰めの抱擁をお送りいたします――とにかくわたしの気持です。あなたがどうされているか、お元気でいらっしゃるのか、基本的な情報が不足しています。わたしが、どうしているかを、いずれにしても少し書きますので、多少は、おわかりいただけるでしょう。

祖母は、今もスモーランドのホーラリッケに暮らしています。彼女は八〇歳になり、わたしは時々訪ねたり、手紙を書いたりしています。父は今も教師をしています。今ではお互いに少しは話すことができるようになりました。ただ、いくつかの言葉は交わせますが、会話がなめらかに弾むまでにはなっていません。わたしの暗所恐怖症は治りましたし、もう女優になりたいとは思っていません(ウーン、うめき声!)。そして、九年生の時にわたしが好きだった先生は、一年半前に離婚し、そのせいか突然――手紙が来たのです――わたしに特別な興味があるようで、彼からの説得で、ある休日を一緒に過ごしました。はい、この何年もの時間(ええ、ええ! 最悪だったと思っています!)を経て、わたしも成長し、どこか途方もなく変わりました! 先生とは今も手紙を交わしていて、彼は再婚相手を探しています。

ウェートレスとして働いていた、療養リゾートホテル[1]はつぶれ、そこで二三年間、会議出席者や上流社会の人たちに給仕をして、〝身体と心を壊した〟――とにかく身体を壊した――エルサは、ボロースに移り、ビンゴゲームをやっています。

わたしが、〝家出、万引き、ずる休み〟なんかをやっていた時に、わたしを担当していた精神科医ベルティル・セーデルリング氏を何年か前に訪ねました。彼は、最後に会った時からは、めっきり年をとり、ある意味で、かつての権威者の風情はありませんでした。わたしは、彼に、学校（ユンスシーレ国民高等学校）からのグループ研究として、社会制度としての家庭や家族についてインタビューしたのですが、そこでわたしとエンゲルス[2]の見解は、この精神科医とは違うことが判明しただけでなく、彼はただの保守的な精神科医で、信頼できるものは何もないこともわかりました。それでも、彼に会うのは、かなり面白く――いくらか落ち着いた気持に――なりました。

「ストーラ（大きい）ホテルに火をつけたのは君だったろう？」突然彼が聞いたのですが、（――わたしでは、ありません！）「だが、エーパ（デパート）を爆弾で脅迫したのは、確かに君だったろう？」そして、もはや隠しておくことは何もありませんでした。そのときの地方新聞の見出しも中身もすべてが、事実と違うのですから。

ユンスシーレ国民高等学校へ、二年間通いました。そこでは、政治・社会に関するイデオロギーと社会の見方を培う授業を受けました。つまり、やっと、何を問題とすればいいのかがわかり始めたのです。とくに二年目になって、「テーマ」コースに入って、そこで急進的な教育学（！）を学んでからは。そしてその時に、突然今までまったく経験したことがない方法で、自分が〝政治的な思想や出来事の中心〟で主体的になっていることに気づきました。関わっている人たちや彼らと共有する思想が、少なくとも、今までとは違ってきたという意味です。

去年起こったことすべてを、わたしはきちんと整理できません――でも、気がついていなかったのですが、わたしにはすばらしかったのです。すべてがすばらしかったのです（たとえ面倒でも、そして多少不安ではあったのですが）。政治、宗教（マルティヌス[3]のことをお聞きになったことがありますか？　あるいは、魔女や、悪魔崇拝者など）、わたしのまわりの人間、わたし自身の力（というのは、わたしは、頭がいいわけでも、魅力的というわけでもなく、少なくとも、新しくも、すばらしくもないでしょう？）、そして終わりのないのは、わたしたちの大きな冒険……。

そして、何もかもから、手を引くことになるでしょう。信じられない！　続きをお聞きになりたいですか？　そうだといいなと願っています！　でも、そうなら新しい手紙に書くことになるでしょう。

それまで――お元気でね！

そして、少しでも書いて、どうなさっているかをお話しください。

さよなら　サラより

ウルリスハムン

（1）療養リゾートホテル――閉鎖されてから、「セーラムブス」（シーグフリード・シーヴェルツ著の同名小説が、テレビドラマ・シリーズで放映）の撮影に使われたこともある。
（2）エンゲルス――フリードリッヒ・エンゲルス、一八二〇―一八九五、ドイツの思想家・革命家。マルクスと共にマルクス主義の創始者。一八四八年マルクスと共に『共産党宣言』を著す。
（3）マルティヌス――一八九〇―一九八一、デンマークの作家・哲学者・神秘論者。

一九七八年一月一五日

大好きなサラ、また、お手紙をくださり、なんてうれしいのでしょう。もちろん、わたしは、〝サラの可能性が花開くのを見届けたい〟と、心から願っています。サラが可能性を秘めているのは、自分でも疑いのないところでしょう。どうなるかの続きを話してもらえることは、楽しみですよ。

わたしとサラは、ずいぶん長く手紙のやりとりをしてきました――切手代が五五エーレから、一クローナと一〇エーレになったのですからね、ホイホイ！

サラは、いっそう賢明になったと思います――わたしはどうだかわかりませんが、少なくとも、いっそう年をとりました。ただ実際には、まわりの人がたくさん亡くなっていくこと以外は、年をとった実感はありません。でも、わたしの子どもたちも年をとりましたし、孫たちも大きくなってきました。最近は、生活がちょっとめんどうになってきています。

注意：と言っても、サラに書きたくないという意味ではないのよ。
すばらしいサラのことをまた書いてきてください、今度は、二年もあけないで。

お元気で！
アストリッド・リンドグレーン

［一九七八年春　イェーテボリイ］

＊こんにちは！！！＊

大好きなアストリッド――ここに座って、あなたからの手紙を読んでいます。とてもいい気持です！

さて、どんなふうだったかをお話しいたします。つまり――わたしが、ユンスシーレ国民高等学校に通って、人生が、突然、まるで魅惑的な世界が開いたようになったことは、前回書きました。今はもうその気持は持続していませんが、そのことは大事なことではありません。

大事なことは、ひとりの人間として得られる一番大きなものを得ることが出来たということです。わたしは、神が見え、彼の子どもになったのです！　あなたが、昔の手紙で書いてくださったことを覚えているのですが、イルバ・エッゲホルンが、突然宗教的な救済を得た時、それはイルバのまわりにある愛情だったと話してくれたと、わたしに書いてくれました。少し変ではあるけれど、すばらしいと思ったとも、あなたは書いてくれたと思います。

ええそう、まさにそうなんです！

昨年の冬はずっと、どんなにか興味深く、すばらしい生活を送ったのですが、とにかく、それが真実だとわかればわかるほど、不安が大きくなってつきまとい、真実にはなり得ないほど恐ろしかったことは、お話しできます。

わたしは、審判を受けるのでしょうか?! わたしは、イデオロギー、知性、思想、深い宗教哲学、そしてすばらしく魅力的で、興味深い自分の能力などを展開したかったのです……。そして他にもいろいろ。(何かまるでわたしが並外れた人のように聞こえるでしょうが、事実はまったくそんなことありません！)

わたしは、学校で、キリスト教徒に数多くの質問をして、彼らが躊躇せずに、「もちろん転生や、釈迦や、魔女を信じられるさ、こんなのは原理的に同じなんだ。」と、言った時、絶望的になりました。いいえ、彼らは正確にはそうは言っていません！ わたしは、教会や聖堂へ、彼らに付いて行き、そのたびに、深く絶望し、泣きました。実際は、わたしが書いていることとか、思い出すこと以上に、恐ろしく、すさまじいものでした。ついに、わたしは、自分自身に強制しました。解決策は何もなく、すべてが真実であったため、強制的に改宗(1)させられたのです！ 恐怖と果てしなく重苦しい心で、キリスト教徒になることを同意しましたが、最後の努力もしました。「でも、本当にイエスさまだけが唯一の道なのだろうか?!」

そして、わたしは、自分の目で見ました。聖書に、書いてあったのです。「わたしは、道であり、真理であり、命である。だれでもわたしによらないでは、父のみもとに行くことはできない。」(新約聖書・ヨハネによる福音書第一四章六)

わたしは、泣いて泣いてしまいました、熱望、落胆、恐怖から。まわりの彼らは、わたしのために祈ってくれていました。わたしは手で顔を隠していましたが、涙と鼻水がとめどもなく流れ落ちました。

そして突然わたしの顔は勝手に、みるみる笑顔に変わっていきました。わたしが愛されているという、ある大きな、深い、**完璧な**、無上のよろこびと確信が、わたしの心を満たしていったのです。(うまく書き表わすことが出来ません。)そのようなよろこびは何物にも損なわれることがないほど確かなものです!

そしてわたしには、それがなんなのかわかっていました。天国で、迷える羊を再び見つけたお祭でした!

それから、まもなく、一年になります。確かなことは、ええ実際に、よろこびはまだわたしに残っています――しばしば、よろこびがかげると感じることはありますが、なんといっても、**彼らが、わ**

たしの目を開け、悟らせてくれたのです。イエスさまは私の中で生きています。（前にお聞きになったでしょうし、空虚な言葉に響くでしょうが、何かとてつもなくすばらしいことなのです。）そして、わたしは、神の霊魂ともかかわりを得ました。このことは、過去とは、まったく別のものであり、全面的な改革、改宗なのです。はい、わたしは、目を開けたのです！　そして、ひとつの希望、裏切ったり、見捨てたりしないひとつの希望。普通なら、絶対に理解できないだろうし、自分でも信じようとはしないでしょう。そうじゃないでしょうか？　人間的な考え方にそぐわないものに対して、人は簡単には信じることが出来ないのです（そのことを深く考えることもしないで）。

あなたは、何かわかってくださったでしょうか、それとも単なる宗教的な言い回しにしかすぎませんか？　わたしは、このことを他の人たちに話そうとするのですが、同じ経験をしていない人には、まったく絶望的だと感じてしまいます。

時間が遅くなってきました。もうすぐ寝なくてはなりません。とりあえず、二、三か月前から、大きな施設の知的障害の人と一緒に働いています。そして、ある集合住宅の改装工事（古くて、大変な作業です）をしていますが、そこに住もうかなと考えています。イェーテボリイで、です、もちろん。

また、あなたからのお便り待っています。

抱擁を、サラ・ユングクランツ、イェーテボリイ

（1）改宗——既存の教会で活動している派から、純粋に聖書やイエスを信ずる派へ移ることなども指す。

一九七八年　四月五日

わたしの、かわいいサラ。また、サラからお手紙をいただいて、うれしいです！　話してくれたように、サラの生活はなんて変わったのでしょう。いいえ、わたしは、サラが言うような、単なる宗教的な言い回しだと片づけていませんよ。こうした宗教的な転向を経験した人たちはみんな、サラと同じように表現しています——今までにない、途方もないよろこびと信頼。きっと正確に描写**出来ない**経験なのだろうと、わたしは理解しています——目の不自由な人に、どんな色かを説明できないのと同じです。自分で経験しなくてはならないのでしょうが、わたしはその経験をしていないので、うらやましく思うと同時に、サラが長いあいだのつらい日々のあと、幸せになったことに、大きなよろこびを感じています。わたしたちは、人生があまりにも過酷な時には、みんなまわり道をしてでも、自分を引き受けてくれるだれかがいる**はずだ**と肌で感じるのでしょう。そして、サラは現実にだれかが**いると**いう慰めに到達したのです。ずっとそう感じられるようにと望んでいます。そして、知ることもしっかりと！

自分のことですが、人生は、ちょっぴりやっかいで、そんなに平穏でもないと、時には思えてきます。もしもわたしが、静かに落ち着いて、平穏でいたければ、フルスンドへ行って、まったくひとりにならなくてはなりません――この都会(ストックホルム)では、まるで〝リスかご〟の中にいるようで、どんなに頑張っても避けられないことが多すぎます。そうすると、〝海のような果てしない平穏〟(1)の中で眠ることだけにあこがれるのです。けれども、心配することはありません――何しろ、最後には、必ずそうなるのですから。

信ずること、そしてサラの人生で、よろこびが続きますように。どのような経過をたどっていくのか、またお便りください。

親愛の気持をこめて

アストリッド

(1)〝海のような……平穏〟――ペール・ラーゲルクヴィスト(一八九一―一九七四、作家・詩人。一九五一年ノーベル文学賞受賞)の詩より

[一九七八年　五月あるいは六月　イェーテボリイ]

親愛なるアストリッド!

イェーテボリイの睡蓮公園で座っているのですが、今日はなんだか特別な日のようで、とても静かです。声高に騒ぐ声や、道に迷った人を探しまわる声も聞こえません。そばにいる生き物と言えば、鴨や、鳩や、雀ぐらい――そうそう空にはカモメが飛んでいます。

木々の向こうに、お日さまが沈んでいくのがどんなにきれいかはご存じですね。ええ、数時間前まで、ジャマイカからの男の子が話したいと言うので、別のところにいたのです。でも、肝心なのは、土や草に近いところに座って、鳩がトコトコと静かに歩いて行く(静かに歩く?!)のを、ただじっと見ているのが、どんなにすてきかということでしょう。

ほらほら、そうこうするうちに、お日さまが沈んじゃった。何を書きましょうか?(あなたは、絶望的に感じられませんか――時には――そんなにたくさんの葉書や手紙に、返事を出すのは――?)

イエスのことについてお話ししたいと思います。どのようにして、わたしがイエスと出会ったか、そしてイエスが存在している証拠をますます実感し、聖書の中には、これが神の言葉であり、イエスは、神の子だという証拠が、隠されているけれど、水晶のごとく透明な証明がなされていることをお見せしたいのです。

そして、何よりも、あなたがイエスと出会われてほしいのです。

(ええ、このことが、まさにわたしが、目標としていることです!)

でも、そのことについて、今ここでお話ししていいのかわかりません。

都会の〝リスかご〟のような生活は、どうなっていますか？　ところで、二、三週間前、わたしは、ダーラ通り(1)をバスで通ったのですが、トイレのために、あなたの家に駆け込みたくなりました——あなたが、フルスンドへ行っておられなかったら——何しろ、「もうだめ」というまでに、五分もなかったのですから。バスの運転手さんは、どこかの草むらの後ろに座ればいいよと言ってくれました。あなたは、ちゃんと思いどおりに自分の時間を使うのは無理なんでしょうか？　他のことも、どうでしょうか？　ため息が出るわ、とおっしゃることでしょう。何もかも報道する必要があるのでしょうか。

さあ、もう寝なくてはなりません！
自由だわ！
サラ

(1) ダーラ通り——この通りにリンドグレーンの住んでいるマンションがある。

一九七八年　七月一一日

こんにちは、わたしのかわいいサラ。サラが手紙をくれて、うれしくなりましたし、サラが書いてくれたことが、何より幸せです——ちょうど、今から用事をすませたら、イギリスへ出発しますが、出かける前にお便りしておきたかったのです。また手紙で、イエスと出会った時のことを、少しずつ聞かせてください。実際、わたしに同情してくださる神さまが緊急に必要なので、そういった神さまを見つけるのを、きっと手伝ってくれるでしょう。

わたしが、家にいなくて、トイレを使ってもらえなくて、残念でした。

これから、自転車で、この手紙をポストに入れに行きます。(他にも手紙が二、三ダースありますが、リスかごに含まれる部類です。ええ、サラへの手紙は違いますよ!)

お元気でね!

アストリッド・リンドグレーン

［一九七八年　秋］

＊アストリッド!＊

「実際、わたしに同情してくださる神さまが緊急に必要なので、そういった神さまを見つけるのを、きっと手伝ってくれるでしょう。」

「どうやって、きたんでしょう？　いつ、ぼくは飛んだのでしょう？　だれにもなんにもきかないで、どうして道が見つかったんでしょう？　ぼくには、わかりません。たった一つわかっているのは、ぼくがふいにそこに立っていて、門にある名を見ていたということです。（中略）ぼくは、かけだしました。せまい小道をくだって、小川のほうへ。かけにかけていくと、……そこの橋に、ヨナタンはすわっていました。ぼくの兄さんは、そこにすわり、その髪は日の光にかがやいていました。またヨナタンに会えて、どんな感じがしたか、それは、いくら話そうとしてみても、とてもうまくいえません。[1]」

旧約聖書・詩篇（第一四五篇一八）に、すべて主を呼ぶ者、誠をもって主を呼ぶ者に主は近いのです（！！！）と、書かれています。

旧約聖書・エレミヤ書（第二九章一一―一三）には、こうあります。

「主は言われる、わたしがあなたがたに対していだいている計画はわたしが知っている。それは災いを与えようというのではなく、平安を与えようとするものであり、あなたがたに将来を与え、希望を与えようとするものである。その時、あなたがたはわたしに呼ばわり、来て、わたしに祈る。わたしはあなたがたの祈りを聞く。あなたがたはわたしを尋ね求めて、わたしに会う。もしあなたがたが一心にわたしを尋ね求めるならば、……」

二、三日前、『秋のソナタ』(2)を、見ました。映画にかかわった人たちは、自分たちがどんなにすばらしい映画を作ったのかを、わかっているのかしらと思います。あなたは、どう思われますか、もしこの映画をご覧になっておられたらですが。

前と同じぐらい、今でもまだお手紙、たいへんですか？

わたしは、一月の中旬までひまなので、何をしたらいいのかわかりません(と言っても、〝出発直前格安チケット〟で、一緒に旅行に行ってくれる人もいないし！)

何はともあれ、メリー・クリスマス！　サラ・ユングクランツ

(1)「どうやって……いえません。」――『はるかな国の兄弟』(岩波書店)から。

(2)『秋のソナタ』――監督はイングマール・ベルイマン。一九七八年一〇月一〇日封切り。

[一九七八年　クリスマス]

わたしの、ちっちゃなサラ。まだ神さまを見失っていませんか？　そうだとしても、わたしごときに、どうして、サラの神さまを見つけるお手伝いなど、出来るでしょうか――代わりに、わたしが手伝ってほしいほどです。

ええ、『秋のソナタ』、見ましたよ。そして、サラと同じように、とてもすばらしい作品だと思いました。みんなは、たいてい、イングリッド・バーグマンがどれほどすばらしいかを書いています――そして、彼女はそのとおりでした――でも、リヴ・ウルマンは、今まで見たこともないほど素敵でした。親子関係が、生涯を通じて絶対的に重要だというのは、ちょっと意外ではありますが。

手紙ですって？　ええ、前よりもひどいです、とくに多いのが、ドイツからの手紙で、フランクフルトで平和賞[1]をいただいてからは、毎朝、郵便受けに国民の半分から受けとっています。ようやく、書いてくださる方すべてに送る葉書の印刷を頼みました。

すばらしいクリスマスを、わたしのいとしいサラ、そして良き新年をお迎えください。神と共に。

アストリッド

（1）平和賞――一九七八年、ドイツ書店協会平和賞を受賞。リンドグレーンは、受賞式でのスピーチで、子どもへの暴力反対を強く訴えた。

―― 1979

[一九七九年　八月二〇日]

＊大好きなアストリッド＊

どれほど前になるか(たぶん去年のクリスマス)わからないのですが、お手紙をいただいてから、何度も書こうと思っていました。ちょうど今、旧約聖書の詩篇第六八篇を読んでいます。そこには、こう書いてあります。

「はとの翼は、しろがねをもっておおわれ、その羽はきらめくこがねをもっておおわれる。」あなたが、『はるかな国の兄弟』を執筆中に、聖書を開いてみたのが、この篇でした。そして一羽の鳩のことについて何か書くことになるかどうか、わからなかったと話してくださったことを覚えています。確かにそうでしたね?

とにかく――この前の手紙で、わたしは、『はるかな国の兄弟』から、クッキーが、サクラ谷へ初めてやってきて、兄のヨナタン(という名前でしたね)と会う場面を、引用して書きました。でも、わたしは、どんなつもりで引用したのかをきちんと説明しませんでした(お返事で、それがわかりました)。あなたは、すっかりお忘れだと思いますが、わたしは、すべてをどうしても説明したいのです!

わたしがお伝えしたかったこと。

あなたは、〝改宗〟が、どんなことか、あるいは何かそのようなことを尋ねられました。実際に便利に使えるいい言葉がたくさんあります(いわゆる宗教的なのから、陳腐な表現まで)が、いくら便利だとしても、恐ろしい、いやらしい、秘密っぽいイメージが壁になってしまいます。だからわたしは、別の言葉で、つまりあなたが理解し、同時に言うべきことを表わす言葉で言います。『はるかな国の兄弟』のほとんどを再び読み終えて、この作品には、物語の形をとっているけれど、〝キリスト教〟のお話になれそうなものが、どれほど多いかと思いました。もしわたしが、神に許されるのが、どんな〝感じ〟なのかを、お話ししようとしても(〝放蕩息子〟はとても不安で屈辱感もあっただろうと、わたしは推測するのですが、家に帰ってくると、父親が道の途中まで出迎えて、放蕩息子が家に戻ってきたことをよろこぶというところを、読んでください。新約聖書・ルカによる福音書、第一五章一一―三二)、やっぱり出来ません。けれど、あなたは、『はるかな国の兄弟』で、クッキーがサクラ谷に来たのがどんなふうだったかを知っています。ということは、あなたにはある程度わかっています。にもかかわらず、この光景は、物語なんです。

いいえ、わたしは、神を見失っていません。(以前、あなたは聞かれました!)それに、わたしは、みんなも信じていると思っています。わたしが家に帰るのを極端に嫌っているのは、まさにこのためで、放蕩息子のように、自分の品位をおとしめてまで、支配している男に、下男として雇ってほしいと頼むのは最悪です。でも、イエスのたとえ話にも、父なる神は、家に帰る者たちに、心からの接吻をしたと書いてあります。

あら、あら――わたしが説教しすぎだなんて思わないでくださいね。レットヴィークにある聖ダヴィッド・リトリートセンターで働きはじめました。もし、のんびりなさりたいなら、こちらへおでかけください。ここには、サインを求める人はいません。しゃべってはいけないからです。夕食や夜食の時は、クラシック音楽だけが流れます――希望すればですが。あるいは、森を散歩してもいいのです。だいたい四日単位で、家に帰ったり、あるいは、もう四日間滞在したりします。このあたりは、信じられないほど美しいですが、わたしは、ここへ来たことがどれほど幸せかということを、まだよくわかろうとしていなかったかもしれません。

新聞やテレビなどから受けるあなたの最近の印象は、ご高齢で、お疲れで、たいくつな仕事が山積みと感じておられるようでした。でも、だいぶ前のことでしたので、今はどうでしょうか。

夜中のことゆえ、乱筆にて失礼いたします。あなたのいつもの文通の友。

サラ・ユングクランツ
レットヴィーク

まだまだ確かな記憶力をお持ちだと思います。抱擁と接吻を！　サラ

一九七九年　八月三一日

こんにちは、かわいい金色のおしろいちゃん。また、お便りをいただいて、とてもうれしいです。サラが、聖ダヴィッド・リトリートセンターで働いているのはよかったと思っています。そちらから、何度もお誘いの案内をいただいているのです。もちろんレットヴィークはきれいなところですし、二五年間ほど、毎年スポーツ休暇には、テェルベリイに行っているので、そのあたりのことを、ある意味では、故郷のように感じています。

もしサラが、書くのと同じように上手に話せるのなら、すばらしい福音伝道者になれるはずです。その「はとの翼は、しろがねをもっておおわれ、……」については、作品に鳩を使おうと思って、知りたかったのではありません。そうではなくて、わたしは、自分で、「さあ、これから聖書をぱっと開けてみて、そのページに鳩とか生き物のことが載っていれば、執筆中の本が良くなるだろう。」と思って、聖書を開けてみたのです。そしたら、鳩のことが書いてあったのです。すでに、クッキーのところに鳩が来ることを書いたあとだったので、これでこの本は良くなるだろうと勝手に解釈したのです。それ以後は、聖書の中でその箇所をぜんぜん見たことがなかったので、どこに書いてあるのかを教えてくれてありがとう。また読みましたよ。そして、この不思議な占いのことを、あなたに書いたことを、もちろんずっと覚えていました——サラにだけ！　サラでなければ、このことは、だれにも話したりしなかったと思います。

わたしの身体の具合は、右のふくらはぎの筋肉がちょっと切れたということ以外は、今はかなりいい状態です。ある日フルスンドで、戸外に出て散歩したのですが、八月でもっとも美しい日々のある一日で、〝神さまの贈り物〟ともいえる完璧な日でした。わたしも、とびっきりありがたいと思っていました。ところが、おそらく悪魔は気に入らなかったのでしょう。次の朝、のんびり水浴びをしようと、海のほうへ歩いて行こうとした時、ふくらはぎを力任せにぶん殴られたように感じたのです。後ろから、襲われたと思ったのですが、そうじゃありませんでした。叩いたのは、きっと悪魔だったのでしょう。こんな簡単なことで、病人になるのですからね、でも、もう大丈夫です。

わたしは、今ちょうど、再び物語(1)を書いています。これは、一九七六年に出だしを書き始めています。サラは、聖書を開けて、また鳩が載っているか占えますよ。

いえいえ、記憶力はまだ衰えていません。とにかく、かわいい、情熱いっぱいのサラのことを覚えていますし、サラのすべてがうまくいくようにと願っています。ときどき、近況をお聞かせください。

昔からの文通友だち
アストリッド・リンドグレーン

（1）物語――『山賊のむすめローニャ』のこと。一九八一年刊。日本語版は一九八二年、岩波書店。

1980

［一九八〇年　二(?)月二九日　レットヴィーク］

＊アストリッド！＊

原子力発電反対の記事を、「オーレット・ルント」[1]に、書いてくださって、ありがとうございました。

神さまの平安が、あなたにもたらされますように。この平安は、人間の世界が与えられるものではなく、神の愛がどんなに大きいかを思い出させてくれるものです。わたしは、つい最近、再び経験できました。

＊サラ＊

（1）「オーレット・ルント」――大手の週刊誌。年間を通じて、あるいは一年中という意味で、女性の読者が多い。

1981

［一九八一年　二月二五日］

アストリッド！

もっとも親愛なる友！

ご存じのように、最近はひんぱんに手紙を書いていないので、おそるおそる書き始めることになります――つまりわたしのことを覚えていてくださるかどうか。わたしは、サラといいます、二二歳です。およそ一〇年前からわたしたちの文通は始まりました。

わたしは、自分の考えていることや、あらゆる自分の悩みや、秘密をすべて書きました。あなたは、いつも答えてくださいました。このことは、わたしにとってはすごく大きな意味のあることで、実際、生きる上で、何度も助けてもらいました。何を書いても、わたしには友だちがいるんだ、という感じがしていました。あなたは、他にすることがいっぱいあったのに、わたしのために時間を割いてくださいました。

たしか二年ほど前にお便りし、どのようにキリスト教徒になったかを書きました。わたしは、自分が関わったことや、何が起こったのか、どのようにして神と出会ったのか、生と死をつかさどる主である神との出会いなどについて、できるだけ正直に書こうとしました。以前は知らなかった神、でも、わたしのところに来て、ご自分の顔を見せてくださいました――イエス・キリストが。

その瞬間から――およそ四年前のある夜――わたしは、イエスと一緒に歩んでいます。その時にわたしが得た確信は、ここ数年間の経験を通しても、絶対に変わることはありませんでした。

わたしが、お話ししたいことはたくさんあるのですが、とくにひとつ、あなたにちょっと関わりがあることがあります。

お話ししたように、わたしは、イエスが実在されていること、神の言葉は真実であること、そしてわたしは慈悲によって改宗したことをいつも理解しています。それでも、わたしは、去年の秋――危機に瀕しました。まるですべてが崩壊したようでした。自分が進むべきと思う道を歩んでいると思っていたのに、うまくいかなかったのです(と、思いました!)。

つまり――イエスは、わたしを見捨てられたのか?

わたしの聖書に、イエスは決してお見捨てにならない、わたしを愛してくださっている、わたしのためにご自分の命を犠牲にされた、わたしはイエスのものだと、どこにでも書いてあります。けれども、イエスの言葉以外は、すべてが真実とは正反対であると暗示しているのに、イエスが命を犠牲にされたことが、どうして真実だと言えるのか?　もしもイエスが答えなければ、どのようにして生きていけるのか?　わたしは、どこか別の国へ飛んでいきたいです。そこではだれも、わたしがイエスの友人であることや、かつて神の息子を知っていたことを知らないのです。そこでは、自分がしたことを忘れるために、また自分がだれを見捨ててきたのかを忘れるために、お酒で意識を無くすでしょう。たぶんとてもむずかしくなることでしょう。まったくお酒を飲まない、落ち着いた状態でいる時ならば、イエスを否定するぐらいなら、むしろ自分の命を絶つだろうとわかっています。(追伸！このことは、きわめて不確かなものになりました。わたしが言いたいのは、まるですべての道が閉ざされているようだったということです。続けることに疲れすぎていたのですが、イエスを捨てることは、死よりもひどく厳しいことになるはずです。)

わたしの言葉が十分でないことに気付いています。でも――新年のすぐあとで、いずれにせよ、神は、あのような方法で、わたしに出会い、〝夜から昼へ〟変わるように、すべてが突然変わったのです。聖書に、次のように書いてあります。

〝キリストは、わたしたちの平和である〟(新約聖書・エペソ人への手紙第二章一四)

そして、わたしが与えられた、この穏やかで深いよろこび――と平安は、個人的にイエスと出会うことによってのみ得られるのです。このことは、わたしにとっては、すべてです。わたしには、何があるかを理解していました。わたしには、イエスがいらっしゃったのです。イエスは、永遠にわたしを見捨てられません。絶対に――どんな危機が訪れようとも。

わたしは、このことを通じて、ひとつのことを学びました。

神の言葉は真実だと。

わたしは、知っていましたが、今は実際に体験できたのです。

神の言葉は、〝それらを見つけるすべての人にとって命〟(言葉)。イエスは、自分を見つけ――受け入れる――すべての人々に、永遠の命を与えるために、来られたのです。

わたしが、信仰の迷いの最中（さなか）――あるいは疑問が深くなっていた時という意味ですが、神から挨拶がありました。その頃、あなたも、少しキリスト教と関係がありました。クリスマスのあいだじゅう家にいて、眠れなかったある夜、わたしは、『ミオよ　わたしのミオ』を見つけたのです。わたしは、読みはじめました。そして『はるかな国の兄弟』と同じように、イエスがわたしたちにしてくださったことや、何が救世なのか、真実と正義、裏切りと邪悪とはなんなのか、そしてその戦いについて、つまり神と悪魔と神の天使たちとのあいだに起こる最後の戦いが、子どもの読み物の形で書き直されているのだと気づいたのです。（あなたは、イギリスの文学者であり、キリスト教の信徒伝道者であるC・S・ルイスが、この考えによって、「ナルニア国物語」(1)を書いたことをたぶんご存じでしょう。）わたしは、ちょうどこの本を見つけられて、とてもうれしく思いました。かつて、ボッセ(?)／ミオを読む機会があったこと、そしてほんのひと時だけだとしても、その時はつらいことを、とにかく忘れることが出来て、子どもだと感じられたことが、どれだけ〝癒し〟になったかを今でも、覚えています。『ミオよ　わたしのミオ』から得た、神の言葉を、覚えているので引用します。それは、主人公が、ちょうど遠い国からやってきて、友だちと会い、その友だちの家のベランダにすわってパンケーキ(?)を食べている時の描写と関連があります。ふたりは、笑ったり、しゃべって騒いだりします。ちょうどその時、王さまが通りかかりました。ボッセ／ミオは黙ったのですが、それは、自分が「やかましすぎる」と、王さまはきっと快く思わないのではと恐れたからです。ところがその反対でした。王さまは、息子を愛情いっぱいの目で見つめました。そして、ミオが笑って、楽しそうにしているることが、自分にとって、幸せなことだと言いました。そして、次のように書いてあります——だいたいですが——。

「そして、その時ぼくはわかった。ぼくの父親である王さまは、いつもその愛情いっぱいの目で見てくれるだろうと。そして、ぼくが何をしても、いつもぼくを愛してくれるだろうと。」

アストリッド、この言葉が、わたしにとってどれほど重要な意味を持っているかは言い表わせません。それはわたしのためだとわかっていました。それが、わたしの父である、この現実の世界ではない永遠の国を治めている、王の中の王である神からのものだとわかっていました。わたしは、神が意味していることを知っていたのです。「サラ、わたしは、あなたを愛している、**わたしは、あなたを愛している。**」

わたしは、あなたに、ご機嫌いかがでしょうかと、お尋ねしていません——もちろん、どうかしらと思っていますし、知りたいところです。でも、あなたのご機嫌がいいことを望んでいるだけでなく、あなたの心の中に、**神の**平安を得られるように——この世界が与えることができない平安を願っているのです。

次の言葉を読むと、あなたはお考えになるでしょう。「イエスは、弱き人のものである。」と。でも、イエスは、わたしが、かつてよりも「さらに幸せ」である時に、わたしの生活に入ってこられました。わたしは、若くて、かわいくて、求愛もされ、いろんなことで、許されていました。イエスと一緒に歩む道はとても大変なものですが——わたしは、絶対に変えません。イエスと知り合えたことをとてもありがたいと思っています。もしも、世の中の人が、神はだれなのか知らないことを自覚していたなら、もっともっと多くの人が改宗するでしょうに。

わたしと同室の友人が、スペインの23-F[2]と呼ばれるクーデターのことと、アルタ事件[3]のことを話してくれました。わたしは、これらのことに関心はありますが、結局最後はもっとも重要なあることに行き着いてしまいます。このことだけが、気になるのです——わたしの魂は、どうなるのか？　わたしは、イエスと共に永遠の平安のうちに、永遠に生きるのか——あるいは、結構ですと、丁寧に断り、死んでいくのか？

天国と地獄はあります。お話の中のことではありません。

「この世は、自分の知恵によって神を認めるに至らなかった。それは、神の知恵にかなっている。そこで神は、宣教の愚かさによって、信じる者を救うこととされたのである。」(新約聖書・コリント人への第一の手紙第一章二一)

イエスを信じることを通してのみ、人は改宗できるのです。

わたしは、あなたのことをよく考えています。あなたのご両親はよくお祈りをされていたことを知っています。あなたが、『はるかな国の兄弟』を書いた時、あなたは、信仰を失っているようなのに、信仰が深い良き人は、一番強いと言っています。（つまり――なんだかそんなことが、どこかの新聞に書いてあったことを覚えています。）そうならば――まさにそのとおりで、われわれの中には、完全に、真実、信仰深い良き人はいません。でも、います。イエスがそうです。

わたしは、あなたが、イエスと会うために、どのように書けばいいのかわかりません。でも、わたしが、見ることができたものは、書きました。あなたと知り合いになれたことは、うれしいことです。

神のすばらしい平安を、あなたが得られるよう願っています。でも、どのようにしてこの平安は得られるのでしょうか？　それは、人が得たいと思う、なんらかの祝福を受けた幸福な感情だけでなく、何か別のものです。（定義しにくいです。）神はわたしたちに、何か感覚的なものではなく、事実を与えてくださいました――ご自分の言葉を。あなたは、きっと聖書を以前読まれています。でも、もう一度、読んでください。そして、聖書は、美しい物語ではなく、本当の話であり、そのため、聖書を信じる者は、世界から孤立している狂信者である必要はないということを知ってください。

これは神の言葉で、そこには、たぶん人間の想像しない深いものがあります。けれど神は、理解したいと望む者にはご自分の言葉を公開しています。

「モーセが荒野でへび（青銅のへび、旧約聖書・民数記第二一章五―九）を上げたように、人の子もまた上げられなければならない。それは彼を信じる者が、すべて永遠の命を得るためである。」（新約聖書・

ヨハネによる福音書第三章一四—一五）

神の平安を、アストリッドに！

心からの愛をこめた挨拶を、サラ・ユングクランツ、オッシャ

追伸、もし、お返事がいただけるのなら、うれしいですが、ご無理なされませぬように——わたしたちは、書きたい時に書くということで、了解しています！——書きたく思ってくださり、書けるようなら、よろしく！　ガリ版刷りは、送り返してください。

（1）「ナルニア国物語」——全七巻のファンタジー作品。第一巻『ライオンと魔女』一九五〇年刊。日本語版は一九六六年、岩波書店。

（2）23-F——一九八一年二月(February)二三日、スペインで国会のテレビ中継中に起こったため、国民の記憶に残っているクーデター。

（3）アルタ事件——北ノルウェーのアルタで、サーメ人の居住区にアルタダムを造るために、ノルウェー当局が宿営地を破壊した。

一九八一年　三月一九日

こんにちは、わたしのかわいいサラちゃん。また、お便りをいただき、なんてうれしいのでしょう！　そして、あなたの信仰が揺るぎないことを聞かせてもらいました！　サラが、危機の時に誘惑に負けて、精神状態をきちんと保っている信仰のすべてを否定することになっていたら、わたしにとっても、悲しいことになっていたことでしょう。サラが、信仰がどんなものかを書いてくれると、すばらしく思えますし、それを心の中に染み透るように書いてくれるので、うらやましくも思え、あなたが四年前に経験したことを自分も出来たらと願ってしまいます。たぶんわたしも将来はいつか経験出来るでしょうが、残念ながら今はそれを感じられません。でも、あなたは、聖書から的確なところを選び出しています。ええ、もちろんわたしは、聖書をよく読みました。

今朝、ラジオで、モーツァルトのピアノ曲を聞きました。その時、わたしたちが武器を持っているということは、地球を全面的に破壊することが出来るのだと、全人類に関わりのある、恐ろしい脅威のことを考えていました。そして考えたのです。「すべてが無くなれば、モーツァルトの音楽も永遠に無くなり、彼の音楽を思い出す人もなく、楽譜も残らないとなったら、どうなのでしょう。」　とうとうわたしは、泣きだしました。そこで、わたしは、聖書を開いてみました。そこには、およそこんなことが書いてありました。イスラエルの町々に住む者は、出て来て、武器すなわち大盾、小盾、弓、矢、手やりなどを燃やし、焼き、七年のあいだこれを火に燃やす。彼らは、武器を燃やしたので、森から木を切る必要がなかった！（旧約聖書・エゼキエル書第三九章九―一〇）　この時、たぶんわれわれもこんなふうに賢くなれば、すべての武器を無くしてしまえると、わたしは考えました。どこにその武器を持っていくのか？ と物理的に不可能なことがあるかもしれないのですが。

この前、わたしは、一年一〇か月没頭していた本を書き終えました（原発反対キャンペーンと、他のちょっとした仕事は別として）。最後の月は、手紙の返事もまったく書かなかったので、今は積まれた手紙の山が、返事を待っています。

わたしに平安を願ってくれてありがとう。ちょっとした平安を得られるほど心地良いものはありません。あなたは、すでにその平安を得ていますから、わたしが願う必要はありませんが、あなたのすべてがうまくいくようにと、心からの愛をこめて、願っています。サラにとって、ミオがずいぶん意味があったことは、うれしいです。わたしを忘れないで、時々お便りください。サラ・ユングクランツが、何もかも順調にいっているとわかるようにね。

あなたの古くからの友アストリッドよりの抱擁を

（ちょうど今はすごく眠いので、手紙にバレバレです）

1984

［一九八四年　一二月一〇日　ギリシャ］

親愛なるアストリッド！

お元気でいらっしゃることを祈っています！

わたしを覚えていてくださることでしょう。サラという名前です。わたしは、何年ものあいだ、人生がつらくて、やっかいな頃、あなたにたくさんの手紙を書いてきました。あなたは、いつもお返事をくださり、どんなことにも耐えられるように、荷を軽くしてくださいました。

わたしは、よくあなたのことを考えていて、今日こそ、あなたにお手紙を書く日だと思ったのです——でも、結果的には、いいお手紙は書けませんでした。

ペロポネソス半島とギリシャ本土のあいだの海岸べりに座って、わたしは、お日さまにあたためられた石にもたれながら、書いて、書いて、書いて、そしてそれを消して、消していきました。でも、ちゃんとした手紙にはならなかったので、ついに別の機会にすることに決め、家に帰りました。(ええ、もちろんスウェーデンの家へでは、ありません。) そして続きを大急ぎで、ざっと書いてみました。

何か月か前にギリシャに来たことを、とにかくまずお話ししなくてはなりません。小さな村〝旧コリント〟に滞在していますが、ここはかつて重要な大都市だった所です。スウェーデン人の家族の所で暮らしていて、この家の子どもにスウェーデン語の読み書きを教えています。観光シーズンには、広場でおみやげものを売っています。夜に、果物工場で働くことになっていたのですが、残念ながら夜勤の仕事がなくなりました。

あなたに、どのようにイエスと出会ったかをお話ししたことを覚えています――あなたは、覚えておられますか？　わたしが、聖書学校に行き始めたことを書いたと思うのですが、その時はそんなに詳しくは書きませんでした。行き始めて、かなり早い段階で、まわりと、まともな状態では連絡を取ることがほとんど不可能になりました。聖書学校での三年のあと、わたしの自信と生きる意欲は、ほとんど摘み取られてしまい、この三年のことを考えると、悪夢を思い出すようです――あのような〝精神的な地獄〟が存在するのは、自分で経験していながら、ほとんど信じられません。

修業式後一年以上、聖書を開くことが出来ませんでしたが、その理由をイエスは知っていると思っていました。そしていつか、イエスが、「さあ、サラ、わたしの元へ戻る日がきた」と言う日がやって来ることを切望していました。

今年の春、友だちとギリシャへヒッチハイクしました。コリントに住むスウェーデン人の家族の住所を教えてもらい、その家に数日泊めてもらいました。その家族から、もう一度戻ってきて、しばらくいてくれないかと頼まれたのです。わたしは、すごくよろこびました。その時の状態では、実際この家族は、一緒に親しく暮らせるクリスチャンとしては、唯一の人たちだったのです。そして、大きなよろこびと期待を感じました――たぶん、ここでわたしは、神との連帯を取り戻せるだろうと！

そのあとで起こったことを振り返ってみると、神は、わたしが、コリントへ戻ると決めたすぐから、働き始めたとわかりました。けれど、神と共に平安を保つことほど価値のあることは他にないとわかるのに、夏じゅう、そして秋の半ばまでかかったのです。

もしも実際に、聖書学校での地獄などなんでもなくなるほど、信じられないすばらしいことが起こったのでなければ、こんなことを書く必要はなかったでしょう。

人間が得られる最上のものは、自分の心の中の平安だと思っています。このことは、他のみんなにも当てはまるのですが、みんなとその中のひとりに、とくに平安を得てほしいと、願っています。そのひとりとは、あなたのことです。

〝神はそのひとり子を賜ったほどに、
　この世を愛して下さった、
それは、御子を信じる者がひとりも滅びないで、
　永遠の命を得るためである。〟（新約聖書・ヨハネによる福音書第三章一六）

さて、もうお終(しま)いにしたほうがよさそうですが、実は、あとひとつ付け加えたいことがあります。あなたに思い出してもらわないようにと思っていたのですが、しばらくしたら、お聞きしてもいいかという気がしてきたのです。それで、率直にお聞きしたいと思いますが、どうなることでしょう。

わたしが、一三歳か一四歳の時、喫煙について何か、あなたに書いたのです。するとあなたは、わたしが二一歳になるまで喫煙をしなければ、一〇〇〇クローナ、あるいは同等の金額のものを約束すると書いてくれました。はい、今、わたしは二六歳です、残念ながらだれも信じてはくれませんが。

なに残っていないでしょうから。

煙草を吸ったのは、一八歳の時、二度ほど、合わせて五、六回吸ったことは、思い出せます。経済的に困っているからではないのですが、郵便受けに、一〇〇〇クローナがどさっと落ち込んだらすごくうれしいでしょう。とくに、一月末にスウェーデンに帰国しても、たぶんポケットにドラクマ[1]がそんなに残っていないでしょうから。

でも――もしもあなたが、その喫煙のことを忘れている、あるいはどんな理由であろうと、できないとか、あげたくないとかなら――**送らないでください！！** その場合はいりませんし、あなたに失望することはまったくないとお約束いたします。

このことはさておき、すてきなクリスマスをお迎えになられるよう、祈っています。クリスマスの日はいつも特別で、ひとり静かにお過ごしになられると知っていますので。

抱擁！　サラ

追伸、もしも送ってくださるのなら、サラ・ユングクランツ、ウルリスハムンへ。

(1) ドラクマ――ユーロ導入前のギリシャの通貨単位。

一九八四年　一二月二八日　ストックホルム

親愛なるサラ、

また、お便りをいただき、うれしいです。もちろん、あなたのことは、覚えていますよ――たくさんのすばらしく、いいお手紙を書いてくれましたね。最後にお手紙をいただいてから、かなりいろんな経験をしてこられたのが、よくわかります。でも、あなたが神の元に戻られたのは、幸いです。

サラが、煙草を吸っていなくて、なんてよかったのでしょう。そして、今二六歳なら、お支払いするのを、わたしは伸ばしていたことになりますね。小切手をお送りしますが、引き続き禁煙することを前提としていることはよくおわかりでしょう。あなたが〝絶対吸わない人〟でなくなると同時に、その一〇〇〇クローナは払い戻していただかなくてはなりません。こんな厳しい条件をつけるのも、サラが誘惑に負けてほしくないからね。

新しい年が、若いサラにとってすばらしいものになりますように。

友情にあふれた挨拶と共に

アストリッド・リンドグレーン

1985

[一九八五年　二月五日]

いちばん好きなアストリッド！

今日、あなたからのお手紙と小切手を受け取りました。こころから、ありがとう！　五、六〇〇クローナを、ギリシャで、泊まっていた家族に送ろうと思っているのですが、あなたからのお金だと言ってもいいですか？

古い手紙や、永久に読まないけれど捨てられないものの中を探してみて、ようやく喫煙のことを書いた手紙を見つけました。明日、コピーしに行きます。今回の〝無心〟の〝根拠になった資料〟を、あなたはきっと楽しんでくださることでしょう。

残念なことに、もうひとつの手紙が見つからないのです。もう少し新しい手紙ですが、そこであなたは、〝喫煙〟の手紙の中で書いた、鳩のことは、本当はそうじゃなかったと、否定(！)していました(わたしの記憶によると！)——でも、そのことは、もう放っておきましょう！

あなたのことが、大好きです！

抱擁を！　サラ

追伸、もしも、喫煙するようになったら、お金は送り返します(でも、やりません——煙草を吸うことは)。けれど、五〇年以内であれば――わたしは、生きていて、あなたは、亡くなってるとすれば、――そんな時には基金を作るかどうかを相談しておかなくちゃ?!

同封:一九七二年九月一五日付けのアストリッド・リンドグレーンの手紙のコピー

一九八五年　二月一二日　ストックホルム

こんにちは、かわいいサラ、

あなたの手紙と、同封してくださったわたしの手紙、ありがとう。昔のことを思い出すのは、間違いなく楽しいです。もしも、サラが言うように、五〇年以内にあなたが煙草を吸いはじめたとしても、その時わたしは死んでいる公算が大きいので、基金などを作ったりする必要はなく、サラに全部まかせます。おばあちゃんになったサラにも、ちょっとした楽しみがいるでしょう。けれど、若い日々をサラがまったく煙草と縁がなく過ごせることが、何よりもすばらしいのです。

大好きなサラ、たまには、また近況を聞かせてください。サラがうまくいくことをずっと楽しみにしていますのでね。

親愛の情をいっぱいこめて

アストリッド・リンドグレーン

[一九八五年　一〇月一六日　イェーテボリイ]

アストリッド！
お元気でいらっしゃることと願っています！
動物、家畜のために戦ってくださり[(1)]、ありがとう！
あなたの古い友から、親しみをこめた挨拶を、サラ

(1) 動物、家畜……くださり——一九八五年、アストリッド・リンドグレーンは獣医のクリスティーナ・フォーシュルンドと共に、動物保護のキャンペーンを展開。牛や馬が〝生産品〟のひとつとして、牧場ではなく、小屋につながれたままであったり、鶏がケージに入れられたままというのは、ひどすぎると、数年にわたって抗議。新しい動物保護法の成立をみたが、満足のいくものではなかった。

1991

［一九九一年　一一月二七日］

大好きなサラ、
サラが、見つけてくれる一番きれいな花の絵葉書を送ってくださるように、お薦めします。絵葉書の花は永遠にきれいなままです。すばらしいアイデアじゃない？
じゃ、また、さよなら！

アストリッド・リンドグレーン

［一九九一年　一二月］

いいえ、アストリッド、
ちっとも、すばらしいアイデアじゃありません——お花の代わりにお花の絵葉書をお送りするなんて。わたしは、ずっと長いあいだ、あなたにお花をお贈りしたいと思ってきました。どれほど長いか言いませんが、そして、ついにどうすればいいのかがわかったのです。でも、そんなにおっしゃるのなら、どうしましょう。お花の絵葉書ではなく、わたしが見つける一番きれいなクリスマス・カードをお送りすることにしますが、もしかするとあなたの気持が変わるようなことがあるかもと期待して、わたしの住所を書いておきます。

わたしは、七〇年代の初めに、あなたをお手紙攻めにしたあのサラです。このように、元児童精神科医が書いたカルテに書いてあったのです。もしもあなたが、手紙のことをお忘れならいいのですが。とにかくわたしは、何年にもわたって、わたしに手紙を書きたいと思ってくださり、お返事をくださったこと、そして他の多くの子どもたちにもお返事を出されたこと、とてもうれしく思っています。

ありがとう、アストリッド!

あなたのお身体の調子がよく、お元気でいらっしゃることを願っています。

わたしは、今は幸せに結婚していて、ふたりの女の子の母です。一歳と二歳半で、わたしが書こうとすると、しきりに抱っこ抱っこ攻めをしてきます。子どもたちが大きくなって、あなたの本を一緒に読めるようになれば、どんなに楽しいかと、時々考えます。

何よりもの楽しみになることでしょうね。

メリー・クリスマス、抱擁を

もっとも親愛なる挨拶と共に

サラ・シュワルト、ボロース

1992

［一九九二年　二月七日］

親愛なるアストリッド！

贈りたいお花をもって、わたしが直接お宅へ伺うと思われたのかなと、あとで思いました――そうじゃなかったでしょうか？　でも、わたしは、それは考えていませんでした。あなたが、ご自宅の玄関に、世界中の人を招き入れられないのは、当然です！

万事、順調にいくよう願っています。

夫からも、よろしくお伝えくださいとのことです。あなたがご旅行中でありませんように！

チュッ！　抱擁！

あなたの昔からの友　サラ

［一九九二年　春］

親愛なるアストリッド――最愛のアストリッド！

三五通ありました。ほとんどが一九七〇年代の初めに出されたものですが、あなたが、一九七二年から一九八五年までのあいだに、書いてくださった手紙を数えてみたのです。

実際には三六通になるはずでしたが、最初の手紙は、残しておきたくなかったのです。今でもよく覚えているので、ある部分は引用できるでしょう。それは、あなたに思い出してほしくない手紙への返事でした。この手紙のことを考えると今でも(!)胸が痛くなります。あなたは、遠回しに言わずに、直接要点に触れて答えられ、わたしが、どんなに悲しくなったか覚えています、ウル、ウル、ウル……。

たぶんすべては、あなたが、わたしを悲しませて悪いと思われたことが、その理由だと、手紙を読み直し始めた夜に思いました。愛情や友情と捉えられそうな背景にはいくつもの現実的な動機があっただけなのではと考えたのです。だれも、実際に自分が愛してほしいと思うほど、愛することは出来ません。とくに、しょっちゅう自分の問題を話したい人々から何トンもの手紙をもらう人にはできません。その上、その人たちの問題は、わたしのよりも大きいでしょう。いいえ——率直に言って、玉に瑕(きず)があるに違いない、アストリッドとの特筆すべき関係の中に、引っかかる何かが。わたしは、大人として考えたり、疑ったりしましたが、あなたの手紙を読めば読むほど、あなたには咎(とが)められるものなど微塵(みじん)もないことが伝わってきました。アストリッドの気持は、まったく純粋に本心だと感じられました。そしてこのことは、またとても不思議なことでした。この倦(う)むことのない献身、心遣い、そして――**敬意！**　わたしが書いたものなどなんら特別な敬意を払われるものではないし、一般の人が、わたしに敬意など抱かないことも十分わかっています。自分の自然な気持としては、その頃の年月を振り返ってみて、むしろ自己嫌悪に陥っていました。

心理学の研究でわかったこと、ご存じでしょうが――〝心して目をかけられること〟、真剣に付き合ってもらえること、無条件の愛情などの大切さ。**これらを**、あなたは、わたしに手紙を通じて、与えてくださいました。

その夜遅くに、手紙のおよそ三分の一を読み終え、夫や幼い娘たちが眠っていた時、わたしは泣いていました。わたしは、すべてがあまりにも特別だったと思いました。すごく感激したのですが、言い表わす言葉がありませんでした。わたしは、顔を洗い、そして泣き、そして長いあいだ横になり、あなたのこと、そしてわたしたちが書いた、生や死、そのあいだにある苦しみと憧れについてのすべてを考えていました。

次の日、夫が仕事から帰った時、わたしたちは、たまたましばらくのあいだ、子どもの世話が必要なかったので、わたしは、暗く、孤立していた一〇代の初めの頃のことを話しました。虚しくて、たいくつで、考えることと、後悔以外ほとんど何もなかったその頃、そして突然わたしの生活の中にあなたの手紙が飛びこんできたことについて。話しながら、わたしは、泣いていました。

わたしが、あなたが電話をくださったことを妹に言うと、少し前に、あなたについてのテレビ番組があり、あなたも出ておられたと話してくれました。妹は、すごく感動的だったと言いました。（ありふれた表現で、ごめんなさい！　でも、彼女はそう言ったのです。）わたしたちは、テレビを持っていないので、かなりたくさん見逃しています。あなたが今どうされているかについての、一般的な知識が、要するにないのです。新聞にも多くは書いてないし、実はどうされているか心配していました。番組で、あなたの目が悪くなったと明かされていたそうですし、電話でもそう伺いました。

妹が、そんなに昔のことではなく数年前に、あなたの息子さんが亡くなったこと[1]、そして、その息子さんは、小さい時にあなたがどうしても手元に置けなかった息子さんのことだと教えてくれました。わたしは、たぶん一〇年ぐらい前にどこかで、息子さんについて読んでいましたが、亡くなったことは知りませんでした。本当に悲しくなり、あなたがどうされているか、またどうしておられたかを案じていました。確かに、人生の何かを理解するのは、ほとんど誕生と死に近い時だけのようです。

――たいしてお役に立てないでしょうが、もちろん。

なぜか、ここ数か月あなたのことが、ほとんどいつもと言ってもいいほど、よく頭に浮かんできていました。いろんなことが思い出され、つまり頭の中でぐるぐると巡るのですが、いつもあなたのために祈りたいと強く感じています。いやだなんておっしゃらないでくださいね。わたしのエネルギーの無駄遣いだなんて、どうぞご心配なく。あなたが、助けを必要とされているかどうかははっきりわからないし、知る必要がないとしても、わたしには、助けになるとわかっているのです(！)

いずれにしても——すべてに心からの感謝の気持をお送りいたします。並びに、これを読んでくださって、ありがたいと思うご挨拶を添えて。

昔からの友　サラ

(1) 息子さん——ラーシュ(ラッセ)・リンドグレーン、一九二六—一九八六。アストリッドの長男。

同封：アストリッド・リンドグレーンの手紙からの抜粋とサラのコメント

さて、あなたの手紙をいくつか選んでみました——今頃になって、ごめんなさい！

［一九七二年　六月九日］

サラ、わたしのすてきな女の子、サラのことが本当に好きになってきました。サラの手紙には、今はさなぎでじっとしているあなたが、徐々に殻を破って、蝶々になろうとしているのだと思わせる何かがあります。もし、あなたに、同年代の女の子よりも感じやすかったり、考えすぎたりすることからくる過敏な反応がなければ、この世の中でうまくやっていけるでしょう。

セーデルリング氏が、あなたにスウェーデン・ラジオにだれか知っている人がいないかと尋ねて、わたしの名前を挙げられたのは、なかなか興味深いですね。というのも、まず、わたしは、スウェーデン・ラジオに雇われていませんし、つぎに、わたしたちの手紙のやり取りについて、なんらかの理由で、わたしが彼に話したのではないかと、あなたが解釈してもしかたがないですね。でも、わたしは本当に話していませんよ。わたしは、ベルティィル・セーデルリング氏を少しだけ知っています。二、三回、孫のことで相談したことがありますが、もう何年も前のことです。彼が、グンネル・リンデと一緒に仕事をしていることは、ある意味でよくわかります。彼女は、児童虐待を防止する協会を立ち上げたので、たぶんそのことでセーデルリング氏と接触があるのでしょう。サラがセーデルリング氏を九〇パーセント以上信頼できるだろうと、わたしも思いますよ。あなたが、おばあちゃんの所にいて、彼女を九八パーセント信頼できるのは、とてもすばらしいです。おばあちゃんにとっては、いい評価です。たった今電話があって、別のおばあちゃんと話したのですが、彼女もスモーランドに住んでいて、娘さんの娘さんが、サラの言う、「たぶんどこか精神を病んでいる」らしいのです。この女の子は、サラよりも年下で一〇歳ですが、たぶん秋には精神科の施設に入らなくてはならないので、おばあちゃんとしては、心配でたまらないのです。女の子はグニラというのですが、夜、グニラが完全に眠ってしまうまで、だれか、とくにおばあちゃんが、そばにいると約束しなくては、眠ることが出来ないのです。そんなこと施設にお願いすることは出来ないでしょう。サラのクリニックでは、どうでしたか？　何か助けが得られると思いますか？　どうしたらいいのか、そしてもし何か役立つことを教えてもらえたら、ありがたいです。

……

サラのコメント：

——わたしたちは、ボロースへ移ってきました。すべてのいやな記憶を考えると、特別望んで住みたかった場所ではありません。わたしたちの家のバルコニーから病院の敷地に建つ建物の屋根が見えます。あのどこかに、青少年精神クリニックの病棟があるのです。こちらへ引っ越してくる直前に、元主治医のベルティル・セーデルリング氏のことを、新聞で読みました。長年鋭いレーザーのような目つきで付きまとい、わたしの人生を決めつけてきた人物です。もう一度会って、「今じゃ、どうおっしゃるかしら。わたしを見て、ご自分が、間違っていたということを認めなさいよ、**そして放っておいて！**」と、言えればいいのにと、何度も夢にまで見た人物です。彼は、最後の面会のあと、わたしのカルテにこう書き込んだのです。「彼女は、以前にもまして、この社会において破滅しているようにわたしには見える。」これを書いた彼は、死んだのです！　彼は、もうこの世にいない。ただの、無力な、執念深い人間だったのです！

……

［一九七三年　五月四日］

「静かな叫び声のような、隠されたヴァイオリンのすすり泣きのような哀悼歌、人を恋う人の切望が、人間の世界を通り抜けていく。子どもは、子どもとの時間を持てない両親を恋しく思い、姉や妹は、他の友だちを得た姉や妹を恋しく思い、兄や弟は、尊敬する兄や弟を恋しく思い、友は、つれなくなった友を恋しく思い、男は、まだ親しくなっていない女を恋しく思い、女は、去って行った男を恋しく思い、最後に、もっとも遠慮がちで、もっとも深い愛情を持つ両親は、人生の決まり事どおりに、結婚や子ども自身の家庭といった、新しい関係を結んでいく子どもを恋しく思います。

悲嘆にくれるヴァイオリンの弦や、ヒース原野でのタゲリの鳴き声のように、人を恋う人の切望は、人が住むこの世界の中をかけぬけていく。」

……

サラのコメント：

わたしは、ここ数年ずっと、この文章全体を読みたいと思っていましたし、どの本に書いてあるのかと気になっていました。

一九八五年　二月一二日、ストックホルム

こんにちは、かわいいサラ、

あなたの手紙と、同封してくださったわたしの手紙、ありがとう。昔のことを思い出すのは、間違いなく楽しいです。もしも、サラが言うように、五〇年以内にあなたが煙草を吸い始めたとしても、その時わたしは死んでいる公算が大きいので、基金などを作ったりする必要はなく、サラに全部まかせます。おばあちゃんになったサラにも、ちょっとした楽しみがいるでしょう。けれど、若い日々をサラが煙草と縁がなく過ごせることが、何よりもすばらしいです。
大好きなサラ、たまには、また近況を聞かせてください。サラがうまくいくことをずっと楽しみにしていますのでね。

親愛の情をいっぱいこめて

アストリッド・リンドグレーン

サラのコメント：

これが最後の手紙でした。わたしたちのあいだにあった——二一歳になるまで煙草を吸わなかったら、一〇〇〇クローナもらえるという、昔の取り決めをあなたに思い出してほしかったのです。二六歳の時、ちょっとお金に困り、あなたにお手紙を書いたのです。実際は、いくらか後悔したのです。しばらくしてから、あなたが電話をかけてくださるまでは、まるでみじめな乞食のように感じていました——たぶん、乞食行列の中のひとり！

わたしは他のことでも恥ずかしく思っていました。一九七八年からの手紙で明らかになっているように、その頃、わたしは個人的にすばらしい改宗の経験をしました。けれど何年もかかりましたし、ついに本当の自信を得るために、その時もそのあいだも、いくつかの危機もありました。特別すばらしく思えなかった時に、二、三回あなたに手紙を書きました。救済を得たものとして期待されていると思い、よろこびを証明するために、大きな野心を抱いて書いていました。それに、書くのは自分の気分がよくて、特別な存在(!)だと感じられる時を選んでいましたし、自分はややうまく信じさせられましたが――わたしの想像では――あなたは、そうはいきませんでした。あなたは、たとえ気付いていたとしても、それを表に出さない思いやりがありました。このことについての最初の手紙は、一九七八年からですが、よく注意してください、純粋な気持です。

その後、一九八五年から八六年のあたりは、大げさではなく、魂の平安と安らぎのある、人もうらやむような生活を送っていました。この状態は続いており、どんな問題にも脅かされることはありません。いかにしてここにまで到達したかについて書いて、あなたをうんざりさせることはありません。自分のことについて、すでに十分書きましたから。

(あなたが、サラ・シュワルトに心底うんざりなさらないようにと気にかけながら。)

でも、端的に言って、イエス・キリストが、心のざわつきさえも、静めてくださるのは、真実です。

一九九二年　二月二八日　ストックホルム

大好きなサラ、かわいいお嬢さん、わたしはいつもこう呼んでいましたし、いまもあなたはかわいいと思いますよ。自分の手紙をもう一度読むのは不思議な感じでしたが、記憶力が悪いということだけは確認できます。サラを恥じ入らせたという最初の手紙にわたしは何を書いたのかしら？　何が恥ずかしいの、かわいくて、大切な子、わたしはすっかり忘れていますよ。ずっと前のことだし、それからも何千もの手紙を受け取っています。サラの手紙が残っていればいいのにと思っています。[1] あなたは、何年ものあいだ、かなり厳しい時を過ごしてきたので、今は、穏やかで、落ち着いた、いい状態で暮らしておられるようで、とてもよろこんでいます。

また書いてくださる機会があれば、あなたのことをもう少し知ることができるので、うれしくなると思いますよ、ボロースの大好きなサラ。

あなたの昔からの親愛なる友
アストリッド・リンドグレーン

（1）サラの手紙……思っています。——アストリッドが受け取ったサラからの手紙は、他の手紙と一緒に、スウェーデン国立図書館に移管されている。

二〇〇二年　春　ボロース

アストリッドへの最後の手紙(1)！

今日、あなたの本を子どもたちの本棚で見て、人でいること、そして人を深く思いこがれることが、どんなにむずかしいかと感じました。永遠とも思われる時のあと、初めてペンを取りたくなりました。わたしは、無性に自分の気持、秘密を打ち明けたかったのです。あなたに、最愛のアストリッドに。わかってくださっていたと、確信しています。

深い愛情をこめて

サラ

(1) 二〇〇二年一月二八日、アストリッド・リンドグレーンは九四歳で、自宅にて逝去。

2012

本当に最後の手紙

二〇一二年　二月　ボロース

最愛のアストリッド！

わたしたちは、お互いの手紙を他の人に見せないと約束していました！　それが、いよいよ本になろうとしています。このことを、一三歳のサラがどう思うかは、あえて考えないようにします。だれもが、わたしたちだけの手紙をすべて、読めるようになるのです。あなたが、今回の出版のことを気に入るかどうか、知りたいところです。あなたには、検閲したり、編集したりする機会がまったくないのですから。

いよいよオッシャの聖書学校で言っていたようになるのです。すべてが、光の中で明るみに！　読み終えてみると、思い出します。そうじゃなかったのよ、と五三歳のサラは、一三歳のサラに言います。五三歳のサラが自分の気持を話すのは公平なことだと思い、わたしは、書くことにしました。思い出し、説明を加え、異議を唱えてみます。

わたしたちの手紙のやり取りが始まる数年前にまで戻ってみます。つまり、ここからすべてが始まっているとと思うからです。わたしにとって、かりにもこのことがなければ、手紙のやり取りにはなっていなかったでしょう。あなたは、わたしが言いたいことをわかっていらしたはずです。

わたしは、四歳ぐらいで、ウルリスハムンへ初めて引っ越してきました。となりの子どもが、わたしになんていう名前なのかと聞きました。それまで、自分の名前や話し方、あるいはわたしに何か欠点があるなんて考えもしなかったので、フルネームで答えたのです。他の子どもたちは、こんな名前や話し方をする子どもに会ったことや、まるでコンセントに指をつっこんで、髪の毛が逆立ったみたいな髪の毛を見たことがなかったので、わたしの声を真似したり、わたしの名前をはげしく大声で叫んだりしました。次の日も、そして毎日毎日叫んでいました。学校へ行きはじめてからも、彼らはわたしに怒鳴っていました。わたしが、なんとか黙らせようとしても、きいてもらえませんでした。

一年生と二年生のあいだの夏休み、〝r〟の正しい発音が言えるように練習しました。学校が始まる時、わたしは、うきうきしていました。さあ、これで、前と違って、すべてよくなる、と考えました。けれどだれもなんにも気づきませんでした。すべてが前と同じでした。

年月が経っても、わたしは、どうすれば、他のみんなのようになれるのかわかりませんでした。サラ・インゲボリイ・ユングクランツ！　これがわたしの名前です。そしてわたしなのです。こんな名前が付いたり、呼ばれたりするほど最悪のことはありません。サラと呼ばれるのは、牛ぐらいです。それに、インゲボリイ、もう助けてよ！

一九七一年の春。わたしは、一二歳で六年生でした。わたしの日記は、何か月にもわたって、二つのことに絞られていました。一つ目は、家出をしたいということ。二つ目は、『白い石』のフィデリの役になりたいということ。家では、いつも衝突していましたし、学校は、がまんできないほど退屈でした。もし思い切って家出をすれば、すべてから逃れられるだろう。もし『白い石』の映画でフィデリ役をできれば——さらによくて——自分自身からも逃れられるだろう。もし映画の登場人物になったら、自分が演じる人物になれると想像していました。それに、世界中の女の子が気に入らないサラで、もういたくありませんでした。フィデリになりたかったのです。このことについて、一日じゅう夢見ていました。なんとしても、そうならなくてはいけなかったのです。

問題は、どのように夢をかなえるかでした。ある日、わたしは、「仲間ポスト[1]」で、あなたの名前を見つけたのです。ことは簡単でした。わたしは、考えて、自分の人生を変えることになる手紙を書きました。手紙を書く時は、あなたの本のことや映画の批評も書くことにしました。

五週間後に、返事が来ました。ペーパーナイフで開ける時、わたしは、厳粛な気持がしました。あなたしは、返事を読んでみて、自分がまったくよく考えずに手紙を書いたことがわかりました。わたしが、ぜんぜん同意してくれていないので、わたしは、どんなにがんばっても涙を止められませんでした。それに、映画の役を世話してくれることもありませんでした。けれども、この失望は、わたしの最初の手紙の恥ずかしさに比べれば、小さなものでした。わたしは、あなたの手紙をずたずたに破って、トイレに流してしまいました。これで、わたしが何を書いたか、それについてあなたがどう思ったかは、未来永劫だれにも知られることはないだろうと思いました。

あなたの最初の手紙をトイレに流したというのは、たぶんわたしの人生で一番の天才的なひらめきだったにちがいありません。「サラ・ユングクランツが主役を演じる時にだけ、映画がいいものになるの？」このように、書いてあったのです。この言葉は、テニスの試合でのスマッシュのように効き目がありました。お見事！　それで、気前よくここでこの文章をお見せしたのですが、もちろんこの文章だけです。手紙からは。残りは、わたしがお墓へ持っていきます。もちろんそれは出来るでしょう？　わたしは、その手紙をたった一度だけ読んだのです。一ページ半ありました。そのあと、破って、流したのです。内容については、とてもよく覚えていて、あれから何十年も経った今になっても、頼まれればあなたの文章を引用できると思います。でも、そんなことはしません。小さな秘密を守らせてね。それに、あなたは、二通目の手紙ですでに忘れていました。

一年が経ちました。家での衝突は激しくなってきていました。わたしと、家族との戦いが始まりました。わたしは、毎日校長室に決まった時間に面会に行くことになっていたのですが、そんなに学校へは行かないので、校長室にもめったに顔を見せませんでした。わたしは、近所の家に移り、そこの家族がうんざりするまでそこで暮らしました。わたしは、家出をし、中程度のアルコール度のビール一袋を盗んで捕まりました。ついに学校をやめさせられて、青少年精神クリニックに入れられてしまいました。わたしは、そこからも逃げました。最後に、わたしの母方の祖母がかわいそうに思ってくれました。わたしは、祖父母の所に引っ越しました。祖母の助けと、あなたの手紙によって、上級課程の残りを終えることができました。

青少年精神クリニックの担当者のことを、あなたへの手紙で、「みんなとても親切でした」と、書き送りました。でも、違ったのです、アストリッド、違う、違う、ぜんぜん違ったのです！！！　あなたは、かわいそうな迷えるサラが、あなたに信じこませようとしていたことを信じてはいけなかったのです。現実は、サラも認められないほど苦しいものでした。一三歳のサラは、自分自身とあなたのふたりに、喜んでもらい、うまくいっていると思ってほしかったのです。真実、青少年精神クリニックは、恐ろしい所だったということです。わたしは、昼も夜も泣いていました。どうして、そこがそんなにひどい所だったのかを話すとすれば、この本にとっては、恐ろしすぎることになります。

祖母の所へ移ってからは、生活はうんと穏やかなものになりました。祖母たちは、スモーランドの森の中の自然に恵まれたところに暮らしていたのです。家はすごく大きくて、すごく古いです。ここでは、柵の門を入ったら、すぐに閉めなくてはなりませんでした。柵があいていると、自由になった牧場の牝牛が、庭へ入ってくるからです。どこか他のところへ行く車が、一日に二台通るのですが、道幅は、二台が同時にすれ違う余裕はありません。ミルクは、隣に取りに行きます。外にトイレがふたつあり、今でも使っていますが、地面の下の食料庫、石組みの井戸、鶏小屋などはもう使われていません。まるで、イロン・ヴィークランドさんやビヨルン・ベリイさんの何かのさし絵の参考になればと待っているかのように残されています。あとになって、本を読むようになると、ここはあなたのお話の多くの舞台になった場所だといつも考えていました。

ウルリスハムンから、祖母の家へ移った時には、すべてのいじめと崩壊した家庭環境から逃れられました。この荒れた家庭の状況をよくあなたに書いたことを思い出します。この本を出版することで、わたしの両親をも人目にさらすことになると考えました。今、まさに考えているところですが、わたし自身が誠実に感じられるように、そしてだれかがあれこれ推測することがあれば、それに対しての答えになるかもしれない何かを書きたいと思っています。あなたが最初の部分を引用しているヘイデンスタムの詩から始めます。死にゆく虐待者が自分の手を伸ばしてくるこの詩。その手をどうするべきかについて、何年ものあいだ、考えこむことがありました。このことで、わたしは、日常的に家で殴られていたとは言っていません。でも、わたしと父親の関係はよくありませんでした。

いずれにしても、わたしは、ヘイデンスタムとは、違う見方をしています。保護のない弱い者を殴った者は、死の床で、自分の手を握る必要があるかもしれません。わたしの父親ががんになった時、わたしは、日記に書きました：「ここ何年ものあいだ、うまくいかなかったことが、やっとこれからうまくいくのを、見られなくなる。そしてまもなく手遅れになるのだ。」 何十年ものあいだ、わたしと父は、二人とも、歩み寄ろうと努力していましたが、まだまだで、お互い間に合わなかったのです。ただ単に抵抗があったのです。でもいよいよわたしは、子どもたちを連れて、病院のベッドで横たわる父のそばに座りました。それがどんなに大切な時なのか、なんの疑いもありませんでした。「光輝くひと時だった。お前たちが来てくれたことが、どんなにありがたいことだったかは、書けない。」と、あとで父が書いた手紙の中にありました。わたしも、全面的な許しの気持を表わすことは出来ませんでした。わたしたちは、今までのことは、話しませんでした。時に、言葉は邪魔になります。言葉よりももっと効果的な何かに場所をゆずらなくてはなりません。われわれの失敗を乗りこえる慈悲があります。このことは、わたしが思ったことで、父が亡くなった時わたしがとても幸せだったことへの、ただひとつの釈明になります。まるで、初めて父が生きているようだったし、同じよろこびで、わたしに答えてくれているかのようでした。

父とは違って、母とは、わたしが育つ時、どうだったのかについて、よく話しました。彼女は、わたしのたくさんの訴えを聞いてくれました。そのため、わたしたちは、普通以上の信頼関係を築けていて、この関係は、揺るぎないものになっています。正直に言って、わたしの知る限り、母はもっともすばらしい人のひとりです。母が、わたしの昔の手紙をそのまま人目にさらすことに同意してくれたのは、ありえないほど寛容なことだと思っています。母の言うには、「でも、もし本当のことを書こうとしているのなら、明るい記憶ばかりを選ぶわけにはいかないわね。そんなことしちゃ、誠実でなくなるでしょう。」ですって。

それにまたなんという一〇代の頃の手紙でしょう！　これらにも、注釈を付けません。ひとつの例外を除いては。シャスティン！　ヒスタで出会ったシャスティン、目を隠すために、いつも前髪をたらしていた女の子です。彼女に対して思いやりがなかったと恥ずかしく思います。彼女は、どんなにか人生が困難かもしれないことを、わたし以上に知っていたのです。許してください、シャスティン！　最後に会って以来、シャスティンの人生が愛情あふれたものになっているようにと願っています。

一九七七年、わたしは、神を信じるようになりました。不安定な状態から、わたしを救いたいと思う人に囲まれているという確信に至りました。わたしにとっては、すばらしい体験でした。わたしは、このすばらしさを他の人と分かち合いたかったのです。何年ものあいだ、わたしはあなたにも信じてもらおうとしました。背後にあったのは、本当の気持でした。もちろん純粋なものでした。最初は。でも、一九八一年二月の手紙を今日読んでみましたが、最後まで読み通すことができないほどでした。今では、行間にうまく隠れて、説教の後ろに不安があるだけだとわかります。わたしがどうしているかと、あなたは想像してくださっていたことでしょう？　あなたは、うまく払いのけておられました。詳細にかかわらず、議論しようとはしませんでした。それで、よかったのです。わたしは、正しい道に乗り出したと思っていたので、質問することも出来なかったはずです。

再び、わたしは、自分の人生を変えるものを見つけたと確信しました。ダーラナ地方のあの聖書学校でした！　祈り、聖書を読み、ドアをノックして面会の取決めをします。これがプログラムでした。でも、残念ながらプログラムがすべてではありませんでした。わたしは、セクトとおぼしき団体にはまりこんでいて、逃げることも、上手く付き合うことも出来ませんでした。ついには、人生で大切なことについて、意志や感情が合わせられなくなりました。そのことでとても不安定になったのです。わたしの信仰は、奪われ、他のことに利用されてしまいました。

このことは、長くて、うんざりする話なのですが、幸せな結末が待っていました。わたしは、宗教的な運動を離れ、普通の生活に戻りました。今回は、わたしの家族が待っていてくれました。わたしは、働き始め、新しい友を見つけました。結婚し、三人の子どもの母になりました。信仰は残っています。何よりも大事なことは、要求がないことです。ただちょっと時間がかかっただけです。

何年も過ぎ、わたしたちはそんなに連絡を取り合いませんでした。わたしは、自分が書いた手紙のほとんどが恥ずかしかったのです。とくに改宗に関しての手紙。それに、禁煙でお金を送ってほしいと頼んだことも。

二〇〇二年一月、あなたは亡くなりました。わたしは、テレビであなたを見ました。あなたが映るすべての番組を見ました。あなたの人生は、以前とはまた違う意味で、わたしを感動させました。何日ものあいだ、わたしは、あなたのこと以外は、考えられませんでした。なんとも言えず切なく、いとしく、感謝の気持でいっぱいでした。

この本の制作にあたって、出来れば、自分の手紙と自分の人生の両方を編集できればと考えていました。わたしは、自分の人生とあなたの人生を比べてみました。これは、笑ってしまうほどバカげた比較でした。けれども、わたしがどれだけあなたのことを考えていたか、そして、あなたがこれほど大切なのはどうしてなのかと思案を巡らしていたかなど、あなたはご存じありません。それは、あなたの勇気だと思います。あなたは、自分が大切だと思うものをあえて選び、世間の人がどう考えるかを無視しました。もしもわたしが、人が考えていることをあえて無視すれば、どうなるでしょうか？わたしは、あることをしようと決心しました。手紙に、手を加えないで出版することにしたのです。人が、わたしの手紙のことをどう思っても気にしないことにします。

わたしは、あなたにあることをお話ししたいと思います。それは、勇気と手紙と人生とに関係があります。すべて関連し合っているのです。少し前に展覧会で見た数枚の絵についてです。絵には、ブラジャーのひもが、キャミソールの下に見えている女の人たち、ブラジャーにパッドのない小さな胸、整っていないベッド、床の幅木に固定されていないコード、とかしていない髪、化粧っ気のない顔などが、描かれていました。家に客がいない時の生活を描いた日常的な絵。わたしは、これらの絵に見入ってしまいました。一部は不思議な魅力がありましたが、たいていは退屈なものでした。灰色で、目立たない絵。魅力的だとしても、自分の家には絶対に飾らないでしょう。毎日見ながら暮らすには、あまりに退屈で、陰気です。

ついに、わたしは、展覧会場の最後の部屋を見つけました。そこにも、また額縁に入った絵が掛けられていました。全部が額縁に入っているのではありません。入っているのは、いくつか選ばれた作品でしたが、わたしならそれらを選ばないでしょう。ここにあるのは、原画ではなく、印刷されたものでした。色が変化して見えるように、なんらかの加工がされていました。その技術は、人間の手では出来ない何かでうまく成功していました。そこは、まるで炎があるように光っていました。わたしは、これらの絵なくしては生きていくのがむずかしいだろうと感じました。そこには、わたしが失いたくない美しさと存在感がありました。

今、わたしは自分の人生を理解しています。そこには、かつては見えなかった色も光もあります。わたしは、自分の行ったすべての結果を批判的に考えてみました。何年も経って戻ってきた、あなたへの手紙を批判的に読みました。わたしは、思い出したくなかったし、あなたがどうして答えてくださっていたのか、少しもわかりませんでした。でもそのあとで、思い出や手紙の中に、光るものが見えたのです。その光は、すべてを、どの思い出も、どの小さな子どもっぽい「追伸」も美しく見せてくれました。

サラ　五三歳

追伸

『ピッピ 南の島へ』(2) の最後のページで、トミーとアニカは、夕方隣の家の子ども部屋の窓から、ピッピが、灯したろうそくの前に、ひとりで座っているのを、見ています。アストリッド、あなたは、心の中に子どもがいるすべての人のために書きました。わたしも、しばらくのあいだ、灯したろうそくの前へやってきて、あなたと一緒に座ることの出来た子どもです。わたしは、今でもまだそこに座ることがあります。

サラ

（1）「仲間ポスト」——一八九二年から続いている子ども雑誌。対象は、八〜一四歳。前払い制の販売で、広告を載せない。

（2）『ピッピ　南の島へ』——一九四八年刊。日本語版は一九六五年、岩波書店。

訳者あとがき

この書簡集を最初手にした時、あれほど多忙だったアストリッド・リンドグレーンと、少女サラのあいだに、こんなに長く手紙のやり取りがあったことに驚きました。「まえがき」で、リンドグレーンのアーカイブの責任者のレーナ・テルンクヴィストが述べているように、アストリッドは長年にわたって世界中から何千通もの手紙を受け取っていました。そのため、他からの文通の申し出を、断らざるを得なかったのにも関わらず、サラとは、だれにも見せないという了解のもと、愛情深く、誠実に手紙をやりとりし続けたのには、驚いたと同時に、感動しました。

手紙のやりとりが始まったのは、サラが一二歳、アストリッドが六三歳の時で、五一歳もの年齢差がありました。年齢差だけでなく、リンドグレーンはすでに、「ピッピ」や「やかまし村」や「エーミル」のシリーズなどで、世界的に知られた児童文学者であり、社会的な立場も大きく違っていましたが、そうしたこととは無関係に、ふたりは対等に並び、友だちとして手紙を交わしています。アストリッドが、自分の日常や作家活動のことなども、ごく素直に、かなりあけすけに書きながら、不安定な一〇代のサラを支えている様子が手紙を通して垣間見えます。

サラの鉛筆での手書きの手紙の写真を見ると、一二歳という年齢にふさわしく、幼さが残るもので、不安定で激しい感情がそのまま表われており、強調したいところは、極端に大きな大文字で書かれていたり、大文字だけで綴られていたり、下線が引かれていたり、文字の傾きが左右にうねったりしています。ところが、子どもっぽい書き方であっても、手紙を活字にすると、文法の間違いはほとんどないので、かなり整然としているし、時おり大人は使わないような少女っぽい単語は使われているものの、一二歳とは思えないしっかりしたものです。今回の出版に際して、大文字で書かれたものはゴシック体にしたり、下線が引かれたものは右側に線を引いたりしましたが、サラの手紙の雰囲気を出すのは、むずかしく、幼い書きっぷりであることを口絵の写真を参考にしながら読んでいただければうれしいです。

アストリッドにとって、サラの手紙は訴える力が大きく、読みづらいけれど無視できない、心を捉える魅力的なものだったのでしょう。作品を書く時には、文章を何度も推敲し、一番ふさわしいと思われるまで書き直していたアストリッドですが、手紙を書く時は、よく考えずに、だらだらと気楽に書くと、サラに書いています。ただ、気楽に書いていても、さすがにユーモアあふれる、誠実で立派な手紙です。

アストリッドは、自分の手紙をコピーしていなかったので、アーカイブを整理していたレーナ・テルンクヴィストの手元には、最初はサラの手紙しかなかったのですが、たった一通だけ、一九七二年九月一五日付けのアストリッドの手紙のコピーが残っていました。この手紙には、サラが煙草を吸わなかったら、二〇歳のお誕生日に、一〇〇〇クローナをプレゼントするという内容が書かれていました。「まえがき」で、レーナ・テルンクヴィストは、「アストリッドがサラ宛ての手紙をコピーしたのは一度だけで、一九七二年九月一五日付けの手紙のコピーが、アーカイブに残されていたのです。」と述べていますが、サラの一九八五年二月五日の手紙の最後に、「同封：一九七二年九月一五日付けのアストリッド・リンドグレーンの手紙のコピー」とありますので、もしかすると、アーカイブに残されていたのは、アストリッドがコピーした手紙ではなく、サラがコピーしたものだったのかもしれません。アストリッドは、誠実ですので、サラに約束したことは、もちろん覚えていて、きちんと小切手を送っています。一〇〇〇クローナがどれほどの値打ちかというと、現在のレートでは一万五千円ほどですが、当時サラが子どもたちの世話をするアルバイトで、一時間五クローナもらったことや、夏に、乗馬、演劇、ジャズ、英語など盛りだくさんなプログラムのあるキャンプに三週間参加する費用が六九五クローナだということを考えると、かなりのものになります。

また、サラから悩みを打ち明ける手紙を受け取ると、アストリッドはなんとか力になろうと、踏みこんだ質問をするのですが、サラから明快な答えが返ってこないことが何度かあり、もどかしい気持になることがありました。ただ、そんな時でも、アストリッドの手紙は常にサラを思いやる、誠実な言葉にあふれたものでした。

書名だけでは、リンドグレーンとサラのあいだにどんな手紙のやり取りがあったのか、想像出来ませんが、実はかなりつらい状況にある少女サラからの魂の叫びとも言うべきものが綴られています。どうしてそんなに小さな時から過酷とも言えるような立場にあったのかは、サラ以外正確に同じように感じることはできませんが、サラは、豊かな感性を持っていた、あるいは感受性が強かったと言えるのでしょう。生きていくのが、大変であったというのは事実で、そのために、サラは成人してから、キリスト教のあるセクトに救いを求めます。それまでも、従来の教会で堅信礼を受けていますので、キリスト教には接していたのですが、そうした既存のキリスト教ではなく、聖書を中心としたセクトで、サラはイエスとの劇的な出会いがあったと、リンドグレーンに書き送ります。

アストリッドは、サラに、神との出会いがあり、心の安らぎを得られ、人生が少しでも穏やかになるのはよろこばしいと伝えます。けれど、サラから、自分と同じように、神を信じるようにたびたび働きかけられても、アストリッドは、サラを否定することはしませんが、自らがその信者になることはありませんでした。サラは、しきりに、リンドグレーンの作品が、聖書やキリスト教的価値観と深く関連していることを指摘しますが、作品がキリスト教と通ずるところがあるからと言って、アストリッドが信者だと決めつけることはできません。彼女の両親は確かに敬虔なキリスト教の信者でしたので、アストリッドたち兄妹は、幼い時から毎週日曜日には教会に通い、聖書を読み、どっぷりとキリスト教に浸かっていましたが、サラが経験したような神との出会いはなかったようです。ただ、アストリッドは、自分の子ども時代が幸せだったのは、両親から「安心と自由」を与えられていたからだけれど、その自由の中には、教会の教えに基づいた価値観の作法を守ることも含まれていたと語っています。

アストリッドが亡くなって一〇年後、二〇一二年に、ふたりの往復書簡が出版されることになり、サラから本当に最後の手紙が書かれます。そこで、サラは、信仰が無くなったのではないけれど、セクトからは離れたことを明かしています。自分が自分でいられなかったことに我慢出来なくなり、サラでいるためにつらい戦いをしたことでしょう。五三歳のサラは、幸せなことに、三人の子どもたちも成人し、フリーランスのジャーナリストとして働いています。アストリッドの手紙に、自分は励まされ、生きる支えをもらったので、自分の手元に置いておくだけでなく、かつての自分のように、つらい生き方をしている人にとって、励みや支えになってほしいと願っての出版でした。

個人的なことですが、アストリッドの手紙の中に、フルスンドのことが書かれていると、わたしには、文章以上にあたりの光景が思い浮かび、懐かしかったです。すでにアストリッドは亡くなったあとでしたが、娘のカーリンが島や別荘を案内してくれました。アストリッドが物語の構想を練ったバルコニーに座って、バルト海を眺めながら、アストリッドを偲びました。彼女は、多島海(アーキペラゴ)の中に浮かぶ島フルスンドの自然や、「わたしのよろこびの家」と呼んだ古い別荘をこよなく愛していました。ここには夫ステューレの両親が、マルメを引き払い、一九三九年から住んでいたのですが、のちにはアストリッドの夏休みの天国であり、出版社の編集長を定年退職してからは、時期を問わず、だれにも煩(わずら)わされることのない仕事場であり、のんびりできる憩(いこ)いの場でもありました。日本の海辺では考えられないのですが、別荘の庭の先には、バルト海がひたひたと続いていて、泳ぎの好きなアストリッドは桟橋から飛び込んで、水遊びをしていました。今は彼女の孫やひ孫が楽しんでいます。大きな豪華客船がゆつくり静かにフィンランドへと航行していくのが、日に何度か見られます。
サラとの手紙のやり取りを始めた頃、アストリッドはすでに多くの作品で成功を収め、まだまだ意欲的に作品を書いていました。兄妹や友だちと、大人に干渉されることなく遊び、幸せな子ども時代を送ったアストリッドでしたが、ちょうどサラの年齢の頃から一〇代を生きる困難さに直面し、一〇代の終わりには望まない妊娠により故郷を離れざるを得なくなり、つらい経験を重ねました。作家デビューをしたのは、三七歳。それからまたたく間に世界的な人気作家になりましたが、ヴィンメルビーのネース農場のアストリッドという立場を外すことは決してありませんでした。書くだけでなく、子どもの権利、人類の平和、動物虐待の禁止、原発反対などについて、オピニオンリーダーとして発言し、行動した生き方は、見事で偉大でした。その偉大さが、公けにすることをまったく考慮せずにサラだけに宛てた手紙の中に、さらに輝きを増して感じられました。

二〇一五年一月

石井登志子

アストリッド・リンドグレーン（Astrid Lindgren, 1907–2002）
スウェーデンのスモーランド地方生まれ．『長くつ下のピッピ』（1945年）で子どもたちの圧倒的な人気を得る．ほかにも，農村の子どもの生活をユーモラスに描いた「やかまし村」や「エーミル」シリーズ，「名探偵カッレくん」シリーズ，空想ゆたかなファンタジーなど，世界中の子どもたちから愛される多くの作品がある．1958年に国際アンデルセン賞を受賞．作家活動をしながら，長らく児童書の編集者としても活躍した．

サラ・シュワルト（Sara Schwardt, 1958–）
スウェーデンのスモーランド地方生まれ．手紙や物語を書くことは，混沌とした人生にあっては，安全弁であった．12歳から，アストリッド・リンドグレーンと文通．成人してからも文章教室などで研鑽を積み，個人で，あるいは労働組合機関誌などでフリーランス・ジャーナリストとして活躍．小説および詩集を出版している．

石井登志子
同志社大学卒業．「リンドグレーン作品集」収録の『おもしろ荘の子どもたち』『カイサとおばあちゃん』，絵本『ゆうれいフェルピンの話』『こんにちは，長くつ下のピッピ』などリンドグレーン作品の翻訳を数多く手がける．ほかにもフォシェッル監修『愛蔵版アルバム アストリッド・リンドグレーン』，エルサ・ベスコフの絵本『リーサの庭の花まつり』『おひさまのたまご』など訳書多数．

リンドグレーンと少女サラ 秘密の往復書簡
アストリッド・リンドグレーン　サラ・シュワルト

2015年3月18日　第1刷発行

訳　者　石井登志子（いしいとしこ）

発行者　岡本　厚

発行所　株式会社 岩波書店
〒101-8002 東京都千代田区一ツ橋 2-5-5
電話案内 03-5210-4000
http://www.iwanami.co.jp/

印刷・三陽社　カバー・半七印刷　製本・三水舎

ISBN 978-4-00-022085-9　Printed in Japan